这些人，那些事

吴念真　著

译林出版社

图书在版编目（CIP）数据

这些人，那些事/吴念真著．—南京：译林出版社，2011.9（2025.3重印）
ISBN 978-7-5447-1773-1

Ⅰ.①这…　Ⅱ.①吴…　Ⅲ.①回忆录－作品集－中国－当代　Ⅳ.①I251

中国版本图书馆CIP数据核字（2011）第077570号

著作权合同登记号　图字：10-2011-193号

这些人，那些事　吴念真 / 著

责任编辑　袁　楠　竺文治
责任印制　闻媛媛

出版发行　译林出版社
地　　址　南京市湖南路1号A楼
邮　　箱　yilin@yilin.com
网　　址　www.yilin.com
市场热线　025-86633278
排　　版　南京展望文化发展有限公司
印　　刷　江苏凤凰盐城印刷有限公司
开　　本　880毫米 × 1230毫米　1/32
印　　张　6.875
插　　页　2
版　　次　2011年9月第1版
印　　次　2025年3月第45次印刷
书　　号　ISBN 978-7-5447-1773-1
定　　价　39.00元

目录

第三辑　搏真情的朋友们

第四辑　一封情书的重量

第五辑　这些人,那些事

自序

你们还记得我吗？

在仔细读完经过编辑的这些文字的此刻，好像不得不向“到了一个年纪，某些人的生命似乎只剩下回忆”这句话低头，尽管之前始终对其中所隐含的轻视和同情嗤之以鼻，甚至充满抗拒和敌意。

是事实，因为交织成这些文字的几乎全是往事的点点滴滴。

当其中某些片段开始在网路中被转寄流传，有网友留言问说，你在写这些故事的时候到底是什么样的心情时，我用少年时期读过的《麦克阿瑟回忆录》里头的一句话回答了他们：“回忆是奇美的，因为有微笑的抚慰，也有泪水的滋润。”

这也是事实。

多年来杂乱的行程、密集的工作已经是固定的生活形态，不过，好像也没什么可以抱怨的理由；人生选择什么就必须承受什么、得到什么就会失去什么，这道理到了这样的年纪几乎已没有什么疑惑的余地，只是在日复一日一如川剧“变脸”般随着工作或行程不停变换的角色扮演中，“自己”这个角色反而少有上戏的机会，除了午夜场；而在几乎无声也无观众的演出过程里，和“自己”对戏的另一个唯一的角色就叫“回忆”。

戏有时候会演得很长很长，从午夜一直到天际露出微光；因为“自己”在“回忆”的导引下经常意外地与遗忘多时的某个阶段的另一个“自己”再度重逢，于是，就像久别的老友偶然相遇一般，有更多的回忆被唤醒，一如梦境与梦境的连结，没有逻辑，无边无际。

有时候会想，生命里某些当时充满怨怼的曲折，在后来好像都成了一种能量和养分，因为若非这些曲折，好像就不会在人生的岔路上遇见别人可能求之亦不得见的人与事；而这些人、那些事在经过时间的筛滤之后，几乎都只剩下笑与泪与感动和温暖，曾经的怨与恨与屈辱和不满仿佛都已云消雾散。

或许是工作的关系，长久以来似乎习惯拿这些人与事和人分享，不知道有多少次当某些心思细腻的朋友听完这些故事之后，都会跟我说：写下来吧，当你有一天什么都记不得的时候，至少还有人会帮你记得这些人、那些事。

是曾想写过，只是始终在等候着自己所希冀的那个适当时刻——例如：不再杂事如麻、劳累奔波，身心皆已安顿，日子安稳无惊——的来临，没想到这一切后来却都在始料未及的状态下完成。

一年多前，新闻界的好友张瑞昌跑到舞台剧《人间条件》正在演出中的后台来，说他奉调到周刊当总编辑，希望我能在那里开个专栏。“就把你平常随口说出来的那些故事写下来就好，又不用耗费你多少时间！”他说。

许多人都知道我性格里最大的致命伤叫“不好意思拒绝”，尤其

是面对朋友的要求；听说他们私下经常宣称：“要念真干吗一点都不难，噜久了就会有！”

瑞昌不但持续不断地噜，甚至用了最狠的一招：先在周刊上打上预告，甚至连专栏的名称都已帮我设定好，叫“人间吴条件”。

之后不用说，开始被逼上路，每个星期二的夜晚经常成为我“焚膏继晷”的无眠之夜，一旦遇到出差旅行甚至还得预留存稿，或笔电随行。

记得有一次和一群朋友到国外旅游，夜晚时分我在桌前赶稿，他们则在我房间内打牌消遣，在断续吃、碰的牌声中，忽然听见有人故意以好整以暇的语气说：“唉，人家的命就是比我们好，你看，人家出国还在打字赚钱，而我们却在这里打牌输钱！”

讲话的是圆神出版社的负责人，我们惯称他社长的简志忠。

当时，我不但没有回话，在爆起的笑声中甚至还觉得对他亏欠至深，那是因为事实上多年之前他就曾想尽办法要我写下这些故事，一度他还要总经理简志兴和编辑部同仁带着企划书和录音机到办公室来，要我在“任何想讲的时候”把故事录下来，然后找人转换成文字；然而之后我不但不义地把那个企划遗忘在一旁，甚至还不忠地在他方地盘另起炉灶，所以，一年之后以最后一篇题目为“告别”的心情故事结束专栏，并决定在圆神结集出版的理由无它，就是……必然。

对许多许多人心存感激，除了上头提到的瑞昌（其实……我还在怀疑着，我是不是真的感谢他？因为专栏写不到三个月之际他竟然就高升它职，弃我于火线而不顾！)、简志忠、简志兴和圆神的同仁之外，我也要谢谢《时报周刊》的李秋绒小姐在这一年中对我这个散漫的作者的忍耐、激励和宽容。

当然还有雷骧先生，他竟然肯为这些故事动笔，画下那么多幅韵味十足的插图，让我受宠若惊。

至于故事里被我提及的所有人……我只能说：在人生的过程里何其有幸与你们相遇，或辗转知道你们的故事；记得年轻的时候听过一位作家的演讲，当有人问他说有没有做笔记的习惯时，他笑着说：很少，因为我不可能随身带着笔纸，而且我相信，该记得不会忘记，会忘记的应该就是不重要的东西！

的确如此。

记得你们、记得那些事，是因为在不知不觉中这一切都已成了生命的刻痕，甚至是生命的一部分。

只是……你们也还记得我吗？

前言

四个相命师

阿端双眼失明,所以村子里的人习惯叫他“青瞑端”,当年他是矿村许多人的心理医生。

日子不顺的时候去找他,他会说七月家里犯白虎,九月秋凉之后北方壬水旺,赚钱如扒土……诸如此类的,闻者便认命地忍受这段理所当然的艰辛。

万一九月还是不顺呢? 他会要求把全家人的出生年月日都拿去给他看,全家几口人总会有一口又冲犯到什么吧?你说是不是?

他说的话没人不信,于是再苦也可以往下撑,因为有信仰便有力量,三民主义不也这么说过?

有一年父亲不顺了近乎一整年,年末我们随妈妈去“问诊”;这回他倒像是十几二十年后才时兴起来的“前世今生”的大师,他说父亲前世是贪官,此生所赚的钱除了养家活口之外,别想有剩,即便一时有剩也转眼成空,因为要还前世所欠的债。

妈妈一听完全降服,因为这正是父亲的生命主轴。

由于时间尚未用完,妈妈说:“那替我家老大顺便看看。”

那年我刚退伍，未来有如一团迷雾。他只掐指算了算，便说我前世是“菜店查某”，意思是风尘女子，故这辈子……咳咳，知你“花名”者众，知你本名者寡；恶欢饮交际、喜做家事。赚钱诸事大多在夜间完成，赏钱大爷三教九流，故我必须以不同身段、姿态迎合之……

话没讲完，妹妹们已狂笑到近乎失态，被我妈妈驱出门外。

妹妹们之后说她们狂笑的理由是：无法想象会有这种瘦弱不堪且长相不雅的午夜牛郎，而且还会有三教九流的大爷肯赏钱。

几年后经过验证发现他真是神准，举例来说，多数人知道我吴念真这个“笔名”，但不一定知道我的本名；写文章、写剧本通常是晚上，而投资老板或邀约的导演果然是千百种不同个性的人……但，那时“青瞑端”早已经往生。

三十岁那年，一个朋友的朋友说一定要认识我，朋友说这人喜欢研究命理，说看我写过的一些小说和剧本，通过朋友知道我的八字之后觉得我有趣，一定要告诉我一些事。

一个濛濛细雨的午后，我们在明星咖啡见面。因为还有人在一旁等我讨论剧本，所以他言简意赅地表示，我三十岁这年是“蜻蜓出网”，许多人生大事会在这年发生，要我把握，千万不要浪费这机缘；顺便又严肃地跟我说：未来十年台湾必有大改变，理由是“电视、报纸上那些富贵之人大多数非富贵之相”。

那是一九八一年，我大学毕业、第一次得金马奖，金马奖第一次有奖金，而且多达二十万元，于是就用那些钱结婚，完成另一件人生大事。

至于台湾是否有变动?当然有，至少之后十年中，从没人敢骂“总统”变化到骂“总统”成了新生活运动。

这个业余相命师随着与朋友疏远之后从未再重逢。

父亲晚年疾病缠身，有一天趁他在医院睡着，陪妈妈到基隆南荣路找另一个相命师做心理治疗。那人跟阿端一样双眼失明。

他算算父亲的八字之后只说：“活得辛苦、去得也艰难……这么辛苦的人……就顺他意，不计较了，计较的话你也辛苦，不是吗?”

妈妈听完掩面而泣，低声说：“谢谢老师，我了解。”

相命师也许发现我的存在，问我要不要顺便算算?听完我的八字，没多久他竟然笑了出来，说：“你也活得辛苦，只差你爸爸劳力，你是劳心，不过，你一生衣食无缺、朋友围绕，劳心劳神，皆属必然，其他，我就没什么好说了，你说对不对?”

与其说他是在算命，倒不如说他像师父开示。

他也许还在，但，就像他说的，一切皆属必然之下，我还有什么好问的?

人生碰过四个精彩无比的相命师，这是其中三个。

另外一个?所说诸事皆未验证……称名道姓有所不宜，姑且不表。

第一辑

心底最挂念的人

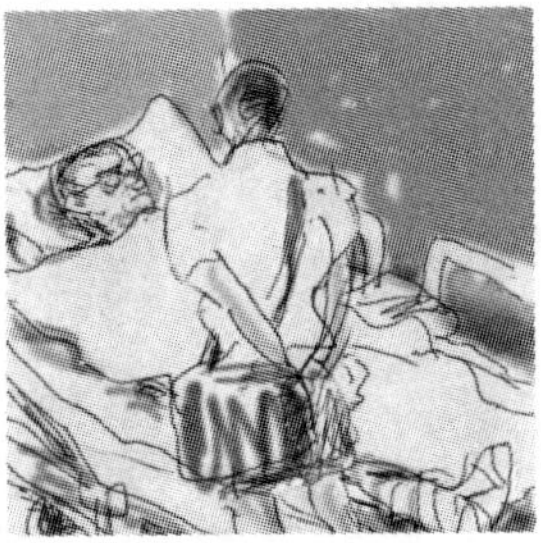

母难月

爸爸十六岁那年从嘉义跑到九份附近的矿区工作。十六岁还不能进矿坑，所以在炼金工厂当小工。

他发现工厂里有一个年长的女工几乎每天以泪洗面，于是善意地问人家出了什么事，那妇人说她儿子在山上工作时中暑死了，十六岁，跟他一样大。

我爸说："你不要伤心啦，不然……我给你当儿子。"

从此我爸进了人家家门，当了别人的儿子。

爸爸二十一岁那年成了正式的矿工，人家从贡寮山上找来一个孤女当养女，再以招赘的方式和我爸结婚以延续这一家的香火。

这个孤女，也就是后来的我妈，当时才十五岁。她十六岁生下第一个小孩，四个月不到夭折。

多年之后，姑妈跟我说，那时候我妈经常会有一些怪异的举止，比如半夜跑到外面哭，或者走着走着忽然会被什么召唤一般，停下脚步跪拜四方。

十七岁她生下我，同样不好带。我四个月大的时候，有一天忽然开始不吃奶，肚子一天比一天大，到最后“随时眼睛翻白，四肢抽搐”，妈妈曾经说那时候她唯一的想法是：万一连这个也养不活，她也会跟着走。

接下来就有点像乡野传奇了。据说就在我气若游丝的当下，村子里来了一个应邀出诊的中医，看完该看的病人准备回去时在山路上被邻居拦了下来，要他做做好事来看我。

据说他在望闻问切之后还问了我的生辰八字，然后开了一帖包括三种青草外加长在黄泥巴里的蚯蚓七条的奇怪药方，说如果在当天酉时之前药材可以备妥，并且让我服下，就会有救，否则这孩子“人家会收回去”。

采药的过程是另一个说来话长的传奇，暂且不表，总之酉时之前这帖药真的就灌进我的喉咙。

根据我妈的描述是：“……就在午夜时分，你忽然放了一个响屁，然后拉出一大摊又黑又臭的大便……我跟你爸抱着你洗澡的时候，发现你的手竟然会拉着我的手指，然后睁开眼睛；你爸爸跟我说，孩子……人家要还给我们了！洗完澡，发现你好像在找奶吃，当我把奶头塞进你的嘴巴，感觉你很饿、很有力地吸起来的时候，我就忍不住大哭起来了！”

三十年后，我还活着，而且要结婚了。妈妈说有两件事必须跟婚礼一起完成，第一件事是婚礼的前一天，她要杀猪公，并且行跪拜一百次的大礼；她说当年在最绝望的时候，她曾经抱着我跪在床头哭着跟众神许愿，说如果这孩子可以平安长大，结婚那天她要跪拜天地以谢神恩，而当天果真就出现了那个“神医”。

第二件，是婚礼那天我们得替她搭个台子并且请来乐队，因为她要上台唱歌。她说这是她另一个心愿。说我初中毕业离家到台北工作的时候，有一天在路上碰到我的小学老师，老师问起我的事，然后跟妈妈说我很聪明、爱读书，无论怎么波折，有一天我都会念到大学。

妈妈说，那天回家的路上，她忽然觉得“像我这样的妈妈，如果也可以养出一个大学毕业的孩子的话……我跪在路边跟四方神佛许愿说，他结婚那天，我一定要快乐地唱歌给大家听！”

写这篇文章时正是我出生的月份，或许是这样的缘故吧，二十七年前妈妈穿着一辈子没穿过几次的旗袍和高跟鞋，坚持跪拜一百下以至最后几乎连站都站不起来的样子，以及在简单的舞台上，以颤抖的声音唱着《旧皮箱的流浪儿》的神情，再度鲜明地浮现眼前。

母亲五年前骨癌过世。

生养我们五个（如果连夭折的那个也算的话，六个）小孩的过程，其忧烦与苦难远远多于欣喜与安慰。

我曾想过，妈妈会得骨癌，到了末期全身的骨头甚至一碰即碎……是不是就因为这辈子的身、心都一直承担着过量的负荷？

只想和你接近

直到我十六岁离家之前，我们一家七口全睡在同一张床上，睡在那种用木板架高、铺着草席，冬天加上一层垫被的通铺。

这样的一家人应该很亲近吧?没错，不过，不包括父亲在内。

父亲可能一直在摸索、尝试与孩子们亲近的方式，但老是不得其门而入。

同样地，孩子们也是。

小时候特别喜欢父亲上小夜班的那几天，因为下课回来时他不在家。因为他不在，所以整个家就少了莫名的肃杀和压力，妈妈准确的形容是“猫不在，老鼠呛须”。

午夜父亲回来，他必须把睡得横七竖八的孩子一个一个搬动、摆正之后，才有自己可以躺下来的空间。

那时候我通常是醒着的。早就被他开门闩门的声音吵醒的我继续装睡，等着洗完澡的父亲上床。

他会稍微站定观察一阵，有时候甚至会喃喃自语地说：“实在啊……睡成这样!”然后床板轻轻抖动，接着闻到他身上柠檬香皂

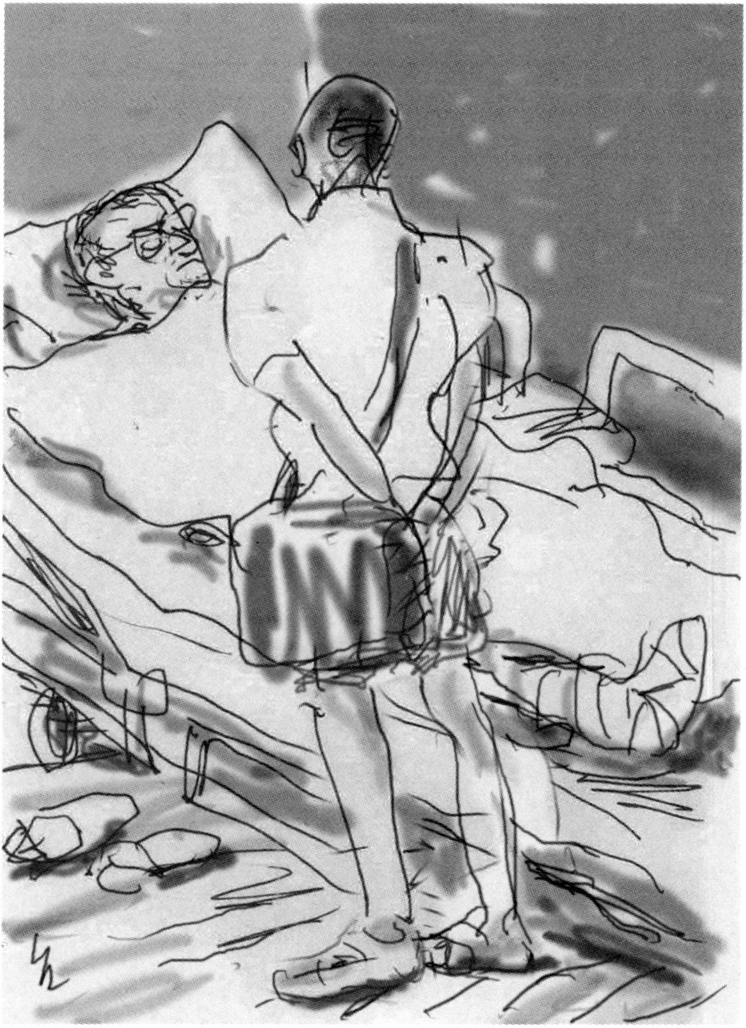

的气味慢慢靠近，感觉他的大手穿过我的肩胛和大腿，最后整个人被他抱了起来放到应有的位子上，然后拉过被子帮我盖好。

喜欢父亲上小夜班，其实喜欢的仿佛是这个特别的时刻——短短半分钟不到的来自父亲的拥抱。

长大后的某一天，我跟弟妹坦承这种装睡的经验，没想到他们都说："我也是！我也是！"

或许亲近的机会不多，所以某些记忆特别深刻。

有一年父亲的腿被矿坑的落磐压伤，伤势严重到必须从矿工医院转到台北一家私人的外科医院治疗。

由于住院的时间很长，妈妈得打工养家，所以他在医院的情形几乎没人知道。某个星期六中午放学之后，不知道是什么样的冲动，我竟然跳上开往台北的火车，下车后从火车站不断地问路走到那家外科医院，然后在挤满六张病床和陪伴家属的病房里，看到一个毫无威严、落魄不堪的父亲。

他是睡着的。四点多的阳光斜斜地落在他消瘦不少的脸上。

他的头发没有梳理，既长且乱，胡子也好像几天没刮的样子；打着石膏的右腿露在棉被外，脚趾甲又长又脏。

不知道为什么，我想到的第一件事，竟然就是帮他剪趾甲。护士说没有指甲剪，不过，可以借我一把小剪刀，然后我就在众人的注视下，低着头忍住一直冒出来的眼泪，小心翼翼地帮父亲剪趾甲。

当我剪完所有的趾甲，抬起头才发现父亲不知道什么时候已经睁着眼睛看着我。

妈妈叫你来的?不是。你自己跑来?没跟妈妈说?没有……马鹿野郎[1]。

直到天慢慢转暗,外头霓虹灯逐渐亮起来之后,父亲才再开口说:“暗了,我带你去看电影,晚上就睡这边吧!”

那天夜晚,父亲一手撑着我的肩膀,一手拄着拐杖,小心地穿越周末熙攘的人群,走过长长的街道,去看了一场电影。

一路上,当我不禁想起小时候和父亲以及一群叔叔伯伯,踏着月色去九份看电影的情形的同时,父亲正好问我说:“记不记得小时候我带你去九份看电影?”

那是我人生第一次一个人到台北、第一次单独和父亲睡在一起、第一次帮父亲剪趾甲,却也是最后一次和父亲一起看电影。

那是一家比九份升平戏院大很多的电影院,叫远东戏院。那天上演的是一部日本纪录片,导演是市川昆,片名叫《东京世运会》。

片子很长,长到父亲过世二十年后的现在,还不时在我脑袋里播放着。

---

① 日本的国骂“八嘎牙路”汉字写法,意指对方蠢笨、没有教养。

心意

他不记得父亲这一辈子在子女受到挫折或得到荣誉的时候，曾经用拥抱来鼓舞或嘉勉过他们；至于这辈子父亲的嘴巴是否冒出过“我爱你”这三个字，他更始终存疑。

在母亲年纪比较大的时候，他曾经有一次以玩笑的方式试探着问她：“妈，爸爸这辈子有没有跟你说过‘我爱你’？”

没想到他母亲的回答竟然是：“他？如果他跟我这样讲，我一定觉得他疯了，不然就是醉茫茫把我当成哪个酒家女！”

因此他倒是清楚记得大约三四岁的时候，有一段时间父亲傍晚一回到家都会把他叫到身边，打开铝制的便当盒，用筷子戳起里头的两颗鱼丸递给他，然后静静地看着他吃完。

也许这是人生中少数和父亲那么接近的时光，所以记忆特别深刻，尤其是父亲那时候的神情——嘴角隐约的笑意和那么温柔的眼神。

有一次他把这样的记忆告诉母亲时，她吓了一大跳，说：“你的脑袋到底什么时候就开始记得这些乱七八糟的事？”

她说，那阵子他父亲和一些年龄相近的人每天都得带便当去九份接受训练,因为他父亲吃饭一定要配汤,所以午餐时他会买一碗鱼丸汤,只喝汤,鱼丸则带回来给儿子。

除此之外,往后似乎就没有任何类似“父子情深”的记忆。

记得小学毕业他考上第一志愿的初中时,里长兴奋到用“放送头”全村广播,说这是二三十年来的第一次,说他个子虽然小,但是“胡椒要是会辣的话,再小的都辣”等等。

那几天,村子里所有人只要看到他莫不是笑脸和赞美,唯独他父亲不但像平常一般面无表情，甚至还当着他的面不以为然地跟人家说“人家的孩子是毕业后开始出去赚钱,他却开始花钱!”以及“有什么好恭喜的,是不是个料要长大以后才知道!”

不过,放俸那天当朋友以“儿子中状元”这个理由要他父亲去九份喝酒请客时,他父亲却又完全没有拒绝的意思。他不知道父亲那天晚上到底喝到几点才回来,只记得隔天醒来的时候,父亲还在睡,鼾声如雷、一身酒味。

妈妈到溪边洗衣服去了,饭桌上除了早餐的饭菜和碗筷之外,还有一个小小的、长方形的纸盒,里头是一支崭新的“俾斯麦”牌的钢笔。

他和念五年级的弟弟以及过暑假要升三年级的妹妹兴奋地看着,但没有人敢去叫醒父亲,问这支钢笔到底是要给谁,尽管他们心里其实都清楚。

是他妹妹先开口,她小声地说:“会不会是要给我的?我三年级了，要开始用钢笔了……”

他父亲的鼾声忽然停了，不久之后他们听见父亲的声音从通铺那边传来，有点含糊地说：“你给我吃卡歹咧！”

弟弟的成绩老是不太好，所以他颇有自知之明地以哀兵的口气说：“这一定不会是给我的啦，我知道。”

父亲也毫不犹豫地在里头回应说：“知道就好！”

是给他的，果然没错。

但当他隐忍着兴奋，在弟妹羡慕的注视下小心地打开纸盒时，没想到父亲在里头又冷冷地出声说：“那个不便宜哦……要是用坏了，你给我试试看！”

他那天的日记就是用那支新钢笔写的，他写着：“爸爸今天买了一支俾斯麦的钢笔给我，奖励我考上初中。这支钢笔很贵，爸爸可能要做好几天的工。他的心意和这支笔我都要永远珍惜……”

他和父亲从没“沟通”，但心意却又好像彼此都懂。

遗书

他不知道警察是怎么找到公司电话号码的。总之，当听到话筒的那边说“请问是梁先生吗?这是××分局……”的时候，他知道事情就如同他所预料一般地发生了。

警察说在滨海山区一条荒僻的道路上发现了登记在他弟弟名下的一部车子，有人死在里头，死因可能是废气中毒，因为现场看到的景象是车子的排气管明显接着水管拉进车内。

“你弟弟的车是 Mondeo 没错吧?”

“对不起，我不是很清楚……”他说。

“他多久没跟家人联络了?”

“我不知道。”

“你们有报案吗?”

“这你们不是可以查出来吗? ……我不知道其他人有没有，我个人没有。”他说。

警察或许从他的语气里感觉出他的焦躁(或者，冷漠?)吧，沉默了一下。

“因为我们不确定死者是不是你弟弟，所以希望你能来一下！”警察说。接着断断续续地解释因为检察官和法医还没到现场，所以不知道是他杀或自杀，死亡日期也不确定。不过警察说，依照他们透过紧闭的车窗所看到的尸体状态判断，至少也有四五天以上了。

“我大概一个小时内会到。”他说。

挂上电话之后他招手要助理进来。

助理拿着笔记本隔着办公桌安静地站着，等他开口，但他的脑袋忽然一片空白。

“那个……”他说，但不知道接着该说什么。

助理有点不知所措地看着忽然暴躁地站了起来，走到窗口抽烟的他。

窗外是细雨中的城市，被灰蒙蒙的云层覆盖着。从十五楼的高度可以看到城市边缘墨色的山脉，由浓而淡层层叠叠隐现在云雾之间。

“以前……我们曾经从那边的山上远远看向这边，你记不记得？”他想起弟弟最后一次来公司的那天，他透过会议室的隔间玻璃远远看到的弟弟就像自己此刻一样，抽着烟，背对其他人安静地看着窗外。当会议结束他走进办公室时，弟弟回过头看他一眼笑笑地说：“没想到现在我们却站在这里看向那里……”

他走向窗边接过弟弟递过来的烟，窗户上反射着兄弟俩淡淡的脸孔。

“哪天——，应该再去那边的山上往这边看……不过，那条路说不定都不在了。”弟弟说着，他看到弟弟的眼眶有隐约的泪花：“三四十年没有人走，早就被芦苇掩没了吧?”

沉默了好久，最后弟弟说：“而且，我们也背不动那两个小的了。”

“我弟弟过世了。”最后，他终于出声，仿佛告诉自己一般，跟一直站在背后的助理说。

玻璃上浮现着助理有点惊讶的表情，以及或许隐约听到他的声音于是纷纷从位子上站起来看向这边的其他人。

“怎么会?”

他没回答，也没回头。

他忽然想着，那天站在这里等候他开会结束的漫长过程中始终没有转身的弟弟，是不是就如同此刻的自己一般，是因为不想让人家看到自己的眼泪?

整个办公室陷入一阵死寂，所有人似乎都僵立不动，MSN 招呼的声音此起彼落，但好像没人回应，没有键盘滴滴答答的声音。

公司的人大多跟弟弟熟，曾经也都喜欢他，因为这一两年来差不多每隔一阵子他都会出现。每次一进公司总习惯带一些点心、小吃过来，然后热切地招呼大家吃喝，把办公室的气氛搞得像夜市一般。尤其是他总有办法把他经历过的人生大小事当成笑话讲，即便是最窝囊不堪的事。

而当所有人都笑成一团的时候，他却又忽然感伤地说："啊——，总之，都是过去式了！"然后就把这句话当句点，收拾掉所有的笑声，一转身以另一个表情走进他的办公室，关起门跟他谈正事。

后来他们给他一个绰号叫"Tora桑"。那是日本有名的系列电影《男人真命苦》里的男主角名字。他们说弟弟不仅个性像，甚至连长相也都有点像。

但是，慢慢地他们也跟他一样，很怕弟弟出现。他一出现，即使是招呼或者笑声都可以听得出勉强和尴尬。

因为后来他们都知道弟弟是来跟他调钱或者找理由借钱的，数目愈来愈大，理由愈来愈牵强，而且被拆穿的次数愈来愈多。

比较起弟弟，老实说，在人生的路上他是走得比较平顺一点。

虽然同样是初中毕业就离家到城市工作，每一步都走得辛苦，但如果用一种俗滥的比喻说人生像摸着石头过河的话，至少他都摸得到下一颗石头而且也都可以踩稳。而弟弟的每一步好像都会落水一次、挣扎一番才勉强摸到另一颗，而且摸到的可不一定比先前的宽阔、稳定。

比如同样是当学徒的阶段，他换过几个行业之后就找到可以半工半读的工作，而弟弟却始终四处流荡，不是碰到苛刻的老板就是凶狠的师傅。

退伍之后他很快找到工作，并且顺利考上夜间部大学，甚至还因为发表了几篇文章而多了一个兼职的收入，但晚他两年退伍的弟弟却偏偏遇到石油危机的普遍不景气，半年多之后才勉强找到工作。

尽管如此，那时候的弟弟至少还是明朗、积极而且健康的。

那一阵子晚上下课回到住处，只要看到楼下停着弟弟的摩托车，他心里就有一种温暖的感觉。

觉得自己可以有一个地方让疲惫的弟弟安心地休息真好。

觉得可以当一个被信任被倚靠的哥哥真好。

记得有天晚上他开门进宿舍的时候，弟弟已经睡了。书桌上放了几袋他带回来的夜点，臭豆腐、蚵仔面线、当归鸭之类的，而且分量总是多到夸张。

洗完澡之后，他一边吃着那些已经凉掉的东西，一边看着弟弟沉睡着的脸，看着看着他忽然想起几年前还是学徒时候的一段往事。

记得是冬天，过年前不久的半夜，弟弟忽然从工作的基隆跑来台北找他。

也许怕吵醒老板一家吧，他不敢按电铃，捡了一根树枝敲他房间外的气窗，不知道敲了多久他才从梦中惊醒。当他开门看到弟弟的第一眼时，眼泪就忍不住流下来了。

弟弟好像是工作到一半仓皇离开，所以连衣服也没换。那年代的工作服无非就是已经不合身的学生制服，袖子、裤管都短了几号，而且全身上下沾满了乌黑黏腻的机油，整个人看起来就像在外流浪多年的游民。

那时候弟弟在汽车修理厂当学徒，常写信跟他抱怨师傅动不动就打人，但结尾总是像安慰他也安慰自己一般说:“为了学人家的功夫,我一定会忍耐……”弟弟说那天因为动作慢,师傅忽然就一个耳光过来,他本能地想闪,没想到反而被直接打在耳朵上,之后他就完全听不见声音。

“我怕聋掉——,想去看医生,但是我没有钱……”弟弟说,“所以只好来找你。”

也许听觉还没恢复，所以整个过程弟弟几乎都是用很大的音量说着,但是他没有阻止。

后来他烧了热水带弟弟去洗澡。脱掉衣服的时候,他看到弟弟瘦骨嶙峋的背上竟然有好几道长长的伤痕,有黑有红纵横交错。

“引擎的皮带打的……”弟弟说,“刚打到的时候不会痛,打完才会痛很久。”

洗完澡后,他叫弟弟趴在床上,他去找碘酒帮他上药。也许太累了,当他找到碘酒进来的时候弟弟已经睡着了,他犹豫着要不要现在帮他上药,因为他怕碘酒的刺痛会惊醒他。

然后他看见弟弟稍微移动了一下姿势，一如梦呓一般说:“不要跟爸爸妈妈说……不要说哦……”

虽然都已经是几年前的事了，但看着此刻同样沉沉睡着的弟弟,记忆里那些依然清晰的画面和声音还是让他忍不住泪流满面。

那天夜里忽然醒来的弟弟看着他，却以为哥哥是为他的现况担忧，竟然反过来安慰他说："不要烦恼啦，我会找到工作啦！"

然后要哥哥帮他重新写一份自传。

"不要写得太文学，写完我来抄。"

后来弟弟说，那天去面试的时候，管人事的女人看完那篇自传，一直用怀疑的眼光看他，然后要他写下联络地址电话。弟弟说他才写几个字，那女人就发飙开骂，说她就知道那篇自传绝对不是他自己写的，嫌他字丑，还说他不诚实，说她们公司不要不诚实的人。

"干！"他记得弟弟一边点烟一边说，"保险公司的业务员诚实哦？挑屎不会偷吃啦，诚实？"

人生很多滋味都要到一个年纪才懂得去细细品味，比如类似这种相濡以沫的感动和幸福。

然而当你一旦懂了，一切却都已经远了。

远了——，到底是年纪？是有了自己的家庭，因此有了另一种责任和更亲近的关系？还是工作、生活以及彼此人际关系上的落差，所以把原先那么紧密的关系给稀释或拉远了？

即便到现在他依然不解。

退伍之后的弟弟做过很多工作，后来开了一间小型的工厂做代工。然后结婚生小孩。不久工厂倒闭，还因为票据法短暂入狱。

他则是进了传播界,在压力极大的环境下平顺地工作着。

第一次他觉得彼此之间那种紧密的联系似乎即将慢慢消失的起始点,就在弟弟坐牢期间他去探监的那一刻。

隔着玻璃他都还没有开口,弟弟竟然透过话筒说:“你是名人,不要到这里来!”然后就在所有人诧异的注视下转身离去。

他从没有问过弟弟当时那种诡异的反应的理由，即便是弟弟出狱不久有一天忽然出现在他家里，跟他借钱说想买车当计程车司机，在开车去银行领钱的路程中他宁愿忍受彼此之间那种尴尬而痛苦的沉默,也不敢开口问弟弟为什么。

“长大以后,这个弟弟是要替哥哥提皮包的。”他记得一个夏天的午后在屋外的榕树下,那个瞎眼的相命师曾经这么说过。

他不确定那是几岁的事，但他记得那时自己跟祖父坐在树下的竹椅上,甚至清楚记得祖父抽烟的样子和烟斗的颜色。记得坐在地上的弟弟短裤滑到肚脐下，汗水和泥尘在他额头和腿上纵横的痕迹,记得他不停地把快流到嘴巴的鼻涕给吸回去的样子。

后来他才知道,弟弟竟然也记得那句话。

有一段时间弟弟曾经在他公司上班,过年回老家,邻居问他现在在做什么的时候，他听见弟弟用有点自暴自弃的语气说:“在替我哥哥提皮包!小时候相命的就说过了,那个瞎眼的还真准!”

那是多年之后的事了。

那时候他已经离开原先的传播公司，自己开了一家小小的影像工作室，而弟弟当了几年的计程车司机之后，由于台北捷运施工天天交通阻塞，加上私家车愈来愈多，收入很不稳定。换新车的钱一样找他借，却也从来没还。而且每隔一段时间还会找理由几千几千地拿。有一天一个亲戚来找他，说弟弟跟他借用了一大笔他预备买房子的钱，弟弟还不了，问他可不可以先替弟弟还钱……他终于约弟弟见面。

弟弟承认他赌博。

“除了这条路……我不知道还有什么方法可以快速地让自己的生活像样一点。”弟弟开车载着他，好像没有目的地地绕，一路绕一路说，“我不像你，笔随便写一写，话随便讲一讲就有钱进来。”

他没有回话，任弟弟有一句没一句地讲。时而自嘲、时而抱怨，偶尔还插入对外头的车子或路人的怒骂：“你以为马路是你家的啊？”“你不想长大结婚生小孩啊？”……

弟弟说，虽然天天在这个城市里奔波，每天接触许多不同的人，但终日封闭在狭小的空间里的自己其实像一个孤魂野鬼，不认识任何人也不被任何人认识。到处都去，但前途茫茫、毫无方向：“一天十几个小时跑下来，算算口袋里的收入，可能还不够别人在餐厅里叫一道菜。”

“现在你是名人——”最后他说，“有时候我跟乘客说我是你弟弟，有的说，是哦，啊你怎么在开计程车？有的说，你臭盖！”

一路听着的他忽然觉得苍凉，觉得这个就坐在他身旁的弟弟似乎离他很远很远了。

不过，说不定弟弟也这样觉得吧?他想。

后来车子穿越城市停在一个小时车程外的山路上。雾很浓，外头白茫茫一片。

那是矿山的山顶，从那里可以俯瞰如今已经成为废墟的他们的故乡，但那天什么都看不见。

“我心情不好的时候常常自己一个人开车到这里……想一想，想到有些事就会哭……”

“比如呢——?”

“都是一些无聊的事……你不会记得的，”他说，“像有一次，爸爸受伤在罗东住院，妈妈在那里照顾他，有一天那两个小的因为桌上没有菜不吃饭，一直哭，你忽然说，那我们去远足!还做了一大堆饭团给我们吃。”

他当然记得。

记得他背二弟，弟弟背小妹，带着只是白饭拌酱油的饭团走上山，然后沿着山上的小路，穿过阴暗的相思树林一直走到尽头明亮的山崖。

那天午后天气清朗，从那里可以看得见山下的火车站，看得见无声移动着的火车，以及它即将奔赴的在叠叠山脉远处的城市。

他记得他跟弟妹们说：“那里——，有大烟囱的那里是基隆——，还有更远更远的地方就是台北——，以后，长大以后，我们要到那里赚钱——，然后拿钱回来给爸爸妈妈，这样我们就不会没钱买菜了……”

他记得这样说着的自己忽然忍不住流下泪来。

他看到小弟小妹一口一口开心地啃着饭团，而弟弟和他一样，泪流满面。

“我都还记得你在哭……”弟弟抽着烟说，“然后我也跟着哭……我喜欢那个时候……那时候我们都一样，现在呢，不一样了！”

他原本想问弟弟他所谓的一样、不一样说的是什么，但忍住没说。

“你要不要到我那里……帮我忙？”最后，他开口跟弟弟说。

弟弟摇开车窗，扔掉烟蒂，没有回答。

几天之后，弟弟拎着一大堆点心、小吃进公司。他在办公室里听见弟弟在外面跟同事说：“我哥哥叫我来帮他拎皮包。”

弟弟小他三岁，但也许长相比较老成，所以经常被误会他才是哥哥。

弟弟在他公司上班的那段时间，他常听别人跟他说：“你哥哥真是很好玩的一个人，好会讲故事。”“你哥哥很耐操，好像都不用睡觉。”“你哥哥超会哈拉，连流氓来闹场都会被他搞到变成哥们！”……

但不知道从什么时候开始，这些内容开始改变。

“你哥哥有些账一直没付。”“你哥哥说，你们公司的财务调度有问题……你怎不跟我说？”……

有一年的年底结账，他发现弟弟从公司支领的对外款项和应该冲销的发票金额差距很大。

“我告诉过你好几次，可是——，你没表示意见，我催他，他就说，我哥哥都没意见你讲什么……”会计说。

春节前几天，弟弟终于拿了足额发票回公司冲账，但，所有金额都在一张发票上。

“这发票有问题——” 会计说，“谁都知道这是假发票——，可能是去外面买的。”

他拿着那张发票走出去找弟弟。弟弟躺在狭窄的道具间里一张鲜黄色的沙发上，盖着外套在睡觉，地上扔着他的包包、鞋子，还有医院的药袋。

他捡起药袋看了一下，发现说明上竟然显示着里头是抗焦虑剂以及安眠药。

弟弟睡得很沉，但眉头深锁。很久没有这么近去看这个既熟悉却又陌生的弟弟了，他惊讶地发现曾几何时弟弟也和自己一样长出许多白头发来了。

或许是一种感应吧，弟弟忽然醒过来，像受惊的动物一般紧张地起身，把药袋用力拿走。

“你什么时候开始吃这个药？”

“很久了。”

“是工作压力那么大吗？”

“我不想说……”弟弟焦躁地从包包里掏出香烟点着。

他把发票拿给他看。弟弟低头不语。

“你觉得我应该怎么处理?”他问。

“我怎么知道?你书读得比较多。”

“我当然知道怎么处理,”他说,“可是我也想知道——,这些钱你用到哪里去了?”

弟弟忽然暴躁起来,把烟用力往地上一摔,用极大的音量说:“用到该用的地方啦,用到哪里?你自己一个月赚多少钱你一个月又给我多少钱你自己有房子我到这种年纪还在租房子你拿钱回去给爸妈我也要拿钱回去给爸妈啊我还要帮你在亲戚面前做面子要用你的名字送花圈送花篮包白包包红包还要包得比别人大我还要帮你在外面做面子交际应酬要替你感谢人家我们业务要请人家吃饭还要续摊那些白包红包不是钱啊那些白包红包还要叫人家开发票开收据啊叫女人给人家打炮还要叫人家开收据啊你们都当好人当名人坏人都是我在当你知不知道啊……”

他走出去时弟弟还在里头继续大声嚷着，只是后来夹带着哽咽愈来愈模糊了。

农历年过后,弟弟没有来开工拜拜领红包。

一个同业的好友打电话给他,说弟弟到他那边上班了。他知道弟弟的事,但是他愿意给弟弟机会。

“还有——”他笑着说,“你跟他太近了会给他压力,因为你太亮眼了,别人不容易看到他的能力和成就。”

那么亲近的朋友,道谢仿佛是多余的,但也许是心里还是存在着某种担忧吧,他告诉朋友说:“财务上的处理,你还是要多注意,钱千万不要给他管。”

这样说着的他，不否认有一种告密或揭人疮疤的罪恶感。

也许朋友的观察比较客观，之后一两年弟弟在工作上的表现真的亮眼，也许还因为参与了一些广告和电影的演出，因此除了业界之外，在除了他自己之外别人不一定了解的世界里，或许也有了可以让他觉得满足的身份。

那样的世界同样地也存在于他的身边，只是他不在意，但，或许弟弟在意，甚至把它当成生命中重要的支撑也说不定。

那是弟弟最后一次出现在公司那天之前，他曾经有过的疑惑。

那一天弟弟在窗口抽完烟之后，第一句跟他说的话是：“你都知道了……那我讲什么都没有意义了。”

弟弟的眼神和表情出奇的平和。

“我不会再跟你拿钱了。”

“我也不会再给你了。”他说，“那样的数字对我来说，请你相信，我没有这能力。”

“我们知道你是古意人……我们也有分寸，我们是做生意的，不像那些地下钱庄，我们不会把事情牵拖到你身上，这你放心。”那人看了一下手上一叠类似借据的签单，他看到上面有他弟弟龙飞凤舞的签名。“我这边是三千六百多万，另外一家听说也两千多万……这是我探听出来的。”

那是一家不经过特别的程序，一般人绝对无法轻易发现或者进入的赌博电玩店内侧灯光有点暗的小房间。房间内线香的味道很浓，那人坐在泡茶桌前，油亮的额头反射着一旁供奉着神像的供桌上红色莲花灯的光。他年纪不大，应该四十不到，挺和善的脸。旁边坐着两个二十出头的女孩，有点好奇地不时掩着嘴偷笑地看着他。

“你怎么知道这里呢?”那人一边帮他斟茶一边说，“刚刚外面的人说你要进来，老实说我以为你会不会带记者或是警察来，不过，奇怪呢，我竟然很相信你这个人。”

知道这个地方，其实是另外一个同样说“我相信你这个人”的陌生人告诉他的。

那是一个忙碌不堪的星期一，那天他在公司忙到很晚，晚餐都还没吃地走到地下停车场，发现他车子旁边站着几个人，一看到他就说：“不好意思，我们是之前打过电话给你的人。”

他没有任何惊讶或恐惧，只觉得该来的会来，而现在终于来了，如此而已。

开始陆续接到要找他弟弟的电话是几个月前的事。那时候，他已经横下心不再相信弟弟任何借钱或调钱的理由了。

朋友终于打电话跟他说，他已经很严肃地跟弟弟谈过，请他离开公司。他说因为有些事已经影响到他公司其他人的工作气氛。

“一些莫名其妙的电话和奇怪的人常出现在我这里，”朋友说，“你自己也要小心，你的脸太容易被认出来，而且，太多人都知道他是你弟弟。”

离开他的公司之后，弟弟虽然偶尔会来周转现金，但理由都是朋友的公司暂时急需，而借还之间也都遵照约定，因此他也不以为意。不过，除此之外，偶尔弟弟还是会用各种理由跟他借钱，比如买车要头期款、小孩注册，甚至手机掉了手头上刚好没钱之类的，当然一切一如以往，有借没还。

这种层出不穷的状况要说他心里没有疙瘩没有埋怨是骗人的，可是即便每次弟弟出现在公司都让他烦躁甚至不悦，他总还是乡愿地告诉自己以及公司其他人说：如果困扰是可以用金钱解决的话，就不要把金钱这件事当做困扰。

直到有一天，一张数额很大的支票跳票了，会计很紧张地告诉他那是弟弟从朋友公司拿来周转的支票。他犹豫了好久之后，终于下定决心要会计偷偷打电话去朋友公司求证，而回传过来的消息是他们公司没有收过这张支票，也没要弟弟周转。

会计还告诉他说：“我顺便问了一下，才知道，他们从来没有要你弟弟跟我们周转过任何钱。”

他找到弟弟，跟他说：“之前我相信你所有理由，但，现在不管是不是真的，我都会怀疑你是在骗我，我不喜欢这种感觉，所以，你可以找我帮任何忙，但，钱的事，你不要再找我。”

弟弟低着头沉默了一下，冷冷地突然跟他说：“我不会找你了……说不定你们再也找不到我了。”

然后就真的失去联络，一直到他最后出现在办公室的那一天。

停车场里突然出现的那些人一点也不介意地明白告诉他说他们是地下钱庄。

“你弟弟有时候会跟我们说，是替你公司借钱，我们稍微做了一下功课，发现你公司好像没有这种需要……不过我们还是需要你帮忙，找你弟弟出来大家商量一下看怎么解决，跟他说大家都这么熟了，不用怕，我们是正派经营，不像其他的，会动刀动枪。”

“他欠你们多少？”

“还有六百多万。”

“还有——，是什么意思？”

“哦——，南京东路那个公司的老板帮他还过八九百万，我们知道他已经离开那家公司了，现在找不到他的人，你是他大哥，我们相信你一定愿意帮我们这个忙。”

“我们也是后来才知道原来他是跟地下钱庄借钱。”那个人站起来一边点香一边说，“如果早先知道，我们说不定会劝他不要这样玩。”

他恭敬地朝墙上的神像拜了拜，把香插上。

“大家都很熟了，彼此都信任，所以才会让他签这么多钱，”他坐下来把茶壶涮干净换上新茶叶，“你不要以为这些钱是我们赚的，不是，是我们先垫给其他赢家的，如果他不还，我们也是受害者。”

然后他说外面有事他得出去处理一下：“这两个跟他很熟，你想知道什么她们都可以跟你说，不过，不要写去演电视就好！”

“他是好人，很好玩。”女孩说，“还带我们去当过临时演员，这里很多人都认识他，都叫他大制片，也有人叫他大明星、大导演，还要他签名。”

女孩说每次他来的时候都会带一大堆小吃、点心请大家，还会说很多影剧圈的八卦给他们听。

“我们有一个小姐的爸爸生病，他还替他介绍医生。”

“对啊，我哥哥结婚，我只是随口告诉他，他竟然包红包，害我很不好意思。”

“有时候看他输太多，他还会安慰我们，说小事啦，他只要回去好好想几个广告剧本出来就可以赚回来！”

“他想的广告都很好笑，不然就很不一样，很好看。”

“比如呢——？”他笑着问。

女孩讲了好几个，都是他公司和朋友公司拍的，但，大多与弟弟无关。

“他每次输光了，都说要回去公司拿钱，没多久真的又进来……”

“有一阵子比较少来……他说因为你妈妈生病了，癌症。”

……

听着听着，他一度以为他听的是故事，是与他无关甚至是有点荒谬、俗滥的肥皂剧。

“他说你以前都会跟他讲话讲很久，现在比较忙，都没机会说……”女孩说，“不过，他好像很敬重你，因为他跟我们说过，如果下辈子的兄弟可以挑的话，他还是希望再当你的兄弟。”

他抬起头茫然地看着那女孩。

“真的。”另外的女孩说，“我也听过他这么说。还有——，你跟他说，如果以后不来了，也可以打电话给我们，我们很想念他呢。”

那天在办公室告诉弟弟那些女孩殷勤的嘱咐时，他的脸上短暂地闪过久违的笑容。

“你有想过要怎么解决吗？”后来他问弟弟。

“你以前不是说过，可以用金钱解决的事情是世界上最简单的事。”弟弟说着站了起来，走出去之前也许看到书架上儿子的照片，站在那里看了好久才说：“你记不记得他为什么叫我阿噗叔叔？”

“记得啊，学讲话的时候，你都教他吐口水……”

“那时候那么小一只，没想到现在长这么高。”他说，“我好久没看到他了。”

“他都在，是你不来。”

“他的命比我们好太多了……”弟弟说，“可惜的是他没有弟弟或者哥哥。”

“我跟你说——，”最后他忍住情绪跟弟弟说，“我没有能力帮你处理那么大的事，但是，你家里或者小孩需要什么帮忙，随时告诉我。”

弟弟看着他，似乎想说什么，但终究还是沉默着，转身走出他的办公室。

他听见外面同事跟弟弟说前几天晚上在电视上看到他以前演过的电影。“你演得好好笑，好写实！”

“拜托哦，”他听见弟弟说，“都是过去式了！”

然后听见他跟所有人逐一说再见的声音。

山区多雨，台北都已经是那样的天气了，一如他所料，山上更是斜风细雨浓雾弥漫，视线很差。当他转入山路看到前面有黄色警戒线和警察时，距离已经近到差点来不及煞车。

警察靠了过来，认出是他，如释重负地说：“电话还没来得及跟你说正确的地方你就挂断了，然后一直关机，啊你公司说你已经出来了……我还在想这下子要用什么方法联络你，还好你竟然知道是这里……”

是啊，怎么知道是这里？但，就是知道。一如一种本能一种直觉，或是一种牵连。

他停好车，跟着警察走了过去。小时候走过的路并没像弟弟所想的那样被芦苇掩没，反而拓宽了，只是原先长满相思树的山坡现在光秃秃的，长满杂草。也许是被辟建成垃圾场吧，远远就可以闻到浓烈的燃烧垃圾的味道。

然后他终于看到停在路边的车，车后排气管上接着的两条黄色水管醒目地塞进后座车窗。车子的驾驶座这边对着山谷，山谷下是昔日他们的故乡，而车头的方向正对着的远方是可以看到火车可以看到城市——小时候曾经充满想象的地方。

“是你弟弟吗？”检察官和他一起靠近，指着车内的人问。

他点点头，虽然透过满是雨水的车窗看到的是有点发黑变形的脸孔，但的确是他。

法医和葬仪社的人把口罩和手套戴上，有人点起一大把香，有人熟练地用铁条插入车窗的缝隙打开车门，然后看向他，示意他靠近再确认。

他走了过去，在线香和尸臭以及垃圾燃烧的复杂气味中看着弟弟。他靠在放低的椅背，仿佛沉沉地睡着。

这说不定是这一两年来他最没有负担的一次睡眠吧?他想。

弟弟的双手放在肚子上，有白蛆蠕动着的手掌下隐约可以看见覆盖着一个文件夹。

他看到紫黑色的脸上靠近眼角的地方却有着白色的斑点，像泪水。

他静静地看着，想着：也许得去买一套特大号的衣服才能装得下膨胀成这样的身体……如果下辈子可以选择他要不要选择这样一个让他又爱又恨的弟弟……他该不该告诉人家其实他做过一个梦，梦见这样的画面，就在今天清晨……他该不该告诉人家其实他知道那天弟弟是来跟他告别的，他仿佛知道那是最后一眼……

“这应该是要给你的吧?”法医戴着手套的手递过来一张 A4 大小的纸，上头有字，还有湿湿的、颜色诡异的水痕：“我拿着你看就好，上面有尸水。”

他还是伸手拿了过来。

上面是他熟悉的弟弟的字体，几个字就写满了一张纸。

大哥

你说要照顾家里,我就比较放心

辛苦你了

不过

当你的弟弟妹妹

也很辛苦

这时浓雾深处忽然传来山下火车喇叭的长鸣，听起来就像男人的哀号一般。

第二辑

日夜惦记的地方

可爱的冤仇人

我很讨厌那个警察。从外表就开始讨厌起。

秃头、凸肚，还有……狐臭。他的制服从来没有平整过，而且不是少了扣子就是绽了缝；有一次我妈好心地要他脱下来帮他补，他竟然大剌剌地就穿着已然发黄而且到处是破洞的内衣，腆着肚皮和一堆矿工在树下喝起太白酒配三文鱼。

听大人说他和主管不合，所以不但老是升不上去，而且分配的管区就是我们那个从派出所要走一个小时山路才到得了的小村落。

他没有太太，据说是在基隆河边淘煤炭时不幸淹死了；不过，有个女儿低我两个年级，她应该像妈妈吧，因为没她爸爸那么胖，而且长得还算好看。

这个女儿经常是我们那边的人送他礼物的好借口，比如春末夏初我妈会到隔壁村落挖竹笋，看到他就会给他一袋，说："炒一炒，给你女儿带便当。"

过年全村偷杀猪，那种没盖税印的肉，我父亲甚至都会明目张胆地给他一大块，然后一本正经地跟他说：“这块‘死猪仔肉’，带回去给你女儿补一补。”

父亲这辈子最大的缺点就是好赌。每年至少总有一次妈妈会因为赌博这件事和父亲吵到离家出走，不是呛声要“断缘断念”去当尼姑就是要去台北帮佣“自己赚自己吃”，而最后通常都是我循着她蓄意透露给别人的口讯，去不同的地方求她回来。

有一次我受不了，把这样的事写在日记上，老师跟我说可以写一封检举信给派出所，要他们去抓赌；老师特别交代说：“要写真实姓名和地址，不然警察不理你。”

不知道是老师太单纯还是我太蠢，我真的认真地写了信，趁派出所的服务台没人的时候往上头一摆然后快跑逃开。

两三天后一个周末下课回到家，看到那个警察正开心地跟父亲以及其他叔叔伯伯在树下喝酒聊天，他一看到我就说：“应该是他写的吧，没想到小小的个头文笔却那么好！”

他竟然把我那封检举信拿给半个村子的人观赏！

我被父亲吊起来狠狠地打，叔叔伯伯还在一旁加油添醋地说：“这么小就学会当抓耙子，该打！”

最后拦阻父亲并且帮我解下绳子的虽然也是他，但，从那时候开始到我离家到台北工作的那段时间里，我再也没正眼看过他一次。

再看到他是将近二十年之后的事。

那时父亲因矽肺经常住院，有一天我去医院探视，才打开病房的门就闻到一股浓烈而熟悉的狐臭味，不用说就知道坐在父亲床边的那个老人是谁了。

他笑着问我说:“还认得我吗?”

我心里想说:“要忘掉你还真难咧!”

他得意地跟我说:“刚刚我还跟你多桑讲,我眼光真的不错,小时候就看出你文笔好,你看,现在不但在报纸写文章,还‘写电影’写到这么出名。”

最后一次看到他是在父亲的告别式。那是一个台风天,跟大多数的人一样,他全身湿透;不过比较特别的是,他还没拈香就先走到我的面前,嘴唇颤动了好久才哽咽地说:“要孝顺你妈妈哦,你爸爸跟我说过,说他这辈子最对不起的就是你妈妈……”

不知道是现场线香的味道太过浓烈还是怎样，虽然靠我那么近,近到可以清晰地看见泪水顺着他深深的法令纹流到下巴的我,却没闻到他身上有任何让人不舒服的异味。

几个月前去一个大学演讲，结束的时候一个孩子过来问我说认不认识×××?

说那个人是他的外祖父，就是当年害我被父亲吊起来打的那个警察。

他说外祖父常放《多桑》的DVD给人家看,然后跟人家说:那个警察就是我啦!那个吴念真记得我哦!

他说他外祖父死了,两年前的冬天。

说出殡的前一晚,他们把《多桑》的DVD在他的灵前又放了一遍，因为外祖父曾经说电影里的那些矿工都是他的至交，“万一那一天……他们一定会来帮我带路，跟我做伴。”

老山高丽足五两

卖烟卖酒卖冰卖点心和零食的小店在村子的路口，是矿工们每天进出矿坑的必经之地，所以早晨、黄昏各热闹一次。

早晨他们习惯聚集在小店前等同伴，一边听某人转述昨晚NHK海外放送的新闻内容，一边清点入坑的工具和炸药。

黄昏再度聚集的时候，他们则是习惯边吃东西边聊天，顺便让风吹干一整天都泡在水里的胶鞋和脚掌。

矿工们的脚掌好像都很容易长鸡眼或累积厚厚的一层角质，所以每隔一阵子总有人会跟小店的老板借剃刀，把正好被水泡软了的鸡眼和角质给削掉。

做这种事似乎容易“传染”，只要有人开始动刀，之后总是一个接一个削，削到到处都是厚厚的脚皮才罢休。

那天他们边削边感叹，说村子里恐怕又要少个人，因为阿溪他已经陷入弥留状态的娘昨天从医院被抬回来，停在厅边等断气。

也许话讲得够久，有人发现地上的脚皮都干了，那些已经变成褐黄色还略带透明的脚皮像极了切片的高丽参，连软硬度都像。

也不知道谁起哄，有人竟然去小店里拿来半截装线香的红色包装袋，把那堆脚皮一片片装进去，然后在上头认真地写了字：“正老山高丽足五两。”

他们说“足”有另一个意思，就是脚。

笑声还没停，村子里的放送头急躁地响起来，说某人家的厨房起火了，要大家去救火；矿工听完一哄而散，脚皮没人理，之后也没人记得这件无聊事。

几个月后某个黄昏的小店前，阿溪邀大家过几天一起来喝他母亲的寿酒。老人家奇迹似的逃过六十九岁传说中的关卡，反而比以前健壮地准备迎接七十大寿。

阿溪说“棺材装死不装老”真的有道理，多少年轻力壮的矿工可能就在灾变的一瞬间过往，而自己的娘在厅边躺了那么多天，竟然可以起死回生；“所以，神还是要信的，千万不要铁齿。”

多年后，好多人都还记得阿溪讲这句话时那种神圣得不可侵犯的表情。

阿溪说他娘从医院抬回来的第二天，他跑了一趟瑞芳的电信局，打电报通知南部的亲戚，要他们有奔丧的心理准备；就在回来的路上，他忽然想到媳妇不久就要生产，自己就要当祖父，而阿娘就要当曾祖母，如果她现在就走，岂不是憾事一桩？于是他就合掌向天祈求，说愿意让一年的寿命给阿娘，让她至少可以看到家里第一个曾孙之后才走。

阿溪说没想到才一进村子，月光下他看到有东西在路边闪闪

地泛着红光，捡起来一看，竟然是一包“正装老山高丽参，还足足五两重！”他说：“这分明就是神明的恩赐！”

结果呢?……有人怯怯地问。

阿溪说他一回家，马上抓了一把，慢火炖了一碗，然后自己含着，稍稍用力地一口一口“吹”进已经无法吞咽的阿娘的嘴里。

第二天，他分两次用同样的方法喂阿娘。

阿溪说：“没人会相信，真的没人会相信……隔天清晨我们都还在睡，阿娘竟然自己走到我们的眠床前，拉我太太的脚说：都几点了，怎么还不起来煮稀饭?”

所有人看着泪光闪闪的阿溪，一片静默。

最后终于有人谦卑地出声说：“阿溪，多准备一桌素菜吧，这一桌就算我们兄弟给你阿娘添寿的。”

阿溪感动地接受了。

之后仿佛就成了惯例，只要谁的妈妈过七十岁生日，这些人都会出钱办一桌素菜给老人家添寿，这一桌他们就习惯称之为“脚皮桌”。

谁都知道这个典故的由来，阿溪除外。

母亲们

阿荣的妈妈从“台北法院”回来那天的傍晚，村子的妈妈们都聚集在村子的路头等候消息。

那天是阿荣涉嫌结伙抢劫宣判的日子。

他爸爸之前已经说过，就算判得再重也不会上诉，说有这样的孩子跟没有一样，何况，他也没钱替他找律师。

阿荣生下来就有点智能不足，但却是邻居所有妈妈们疼爱的孩子。

他整天笑嘻嘻的、不调皮捣蛋、不惹是生非，而且任劳任怨。“比自己的小孩还好驱驾[①]。”妈妈们都经常这样说。比如临时缺什么要到一个小时路程外的九份去买，自己的小孩叫不动，只要交代阿荣，就算台风天他也肯去，虽然偶尔会出错，比如要他买面线，他却买铁线之类的；要他帮忙顾小孩，他可以寸步不离，一背、一抱就是一个下午。

村子里的孩子大部分小学一毕业就到台北工作、当学徒，而他

① 闽南语，“使唤”之意。

却老是被打回票，所以一直待在村子里，成了所有妈妈都可以使唤的孩子。

一直到十七岁，他才去成了台北，在一个面摊当洗碗工。十九岁那年，面摊附近几个小孩缺钱去抢劫，找他当把风，他竟然傻傻地跟着去。

阿荣的妈妈回来了，所有妈妈们相互拥抱在路边哭成一团。爸爸们则在榕树下沉默地抽着烟，一根接一根。

阿荣被判十年，不过，比起被枪毙的其他人，妈妈们说村子的神明果真有灵，因为为了这个审判，她们在神前一起发愿吃素吃了一百天，祈求阿荣不用上刑场。

阿荣在监狱里好像常被欺侮，辗转托人转告说可不可以给他一些钱，让他可以打发那些人。

送钱进监狱好像不容易，他妈妈想到一个方法，把钱放在要给他的裤子的口袋里，然后用针把口袋缝成上下两层。检查的人的确没摸到，但阿荣同样也找不到钱。

当时念初中的我奉命写信给阿荣，在信里头还详细地画图告诉他藏钱的地方，只是我们都不知道监狱里每封信都会查，结果口袋里的钱不但被充公，阿荣甚至还因此被处罚。

为了如何把钱拿给阿荣，妈妈们好像一直不死心，四处打听有什么好办法。

有一天妈妈们忽然都神秘地聚集到我家，然后有如进行什么仪式似的，每个人都拿出一张当时最大的百元钞，坐在矮凳上撩起裙子，把钞票在大腿上仔细地搓成细细的纸卷，然后用裁缝车用的细线密密地捆扎，捆成大约一根火柴棒的大小。

之后每个人又拿着一个生鸭蛋，就着门口的光，非常小心在蛋尖的地方用针一针一针慢慢戳出一个小小的洞，然后再把那个火柴棒大小的百元钞票塞进去。

妈妈们虽然没有驱开我，但随时都有人警告我说："你如果讲出去，我就把你的头剁下来当椅子坐！"

后来我才知道，这是妈妈们不知道从哪里探听出来的"偷渡"方法。

她们把塞着钱的生蛋下锅煮熟，然后放进酱油的汤汁里一次又一次地卤，好让阿荣的妈妈去会客的时候把这些藏着钱的卤蛋送进监狱里。

那是一个冬天的午后，屋子里弥漫着卤汁的香气和妈妈们的沉默。

忽然有人说："可是……阿荣这个傻瓜会不会笨笨地把这些蛋分给大家吃?"

在妈妈们有点惊慌的反应之后，我听见阿荣的妈妈坚定地说："不会啦，我会交代阿荣，说这是你们替他过二十岁生日做的卤蛋……这里面有不舍、有思念、有恩情，就算吃到吐出来，也要给我一个一个自己吃到完！"

头家返乡

有关“老头家”的故事好像从有记忆开始就断断续续地听大人们说着，虽然不清楚他到底是谁，不过倒记得大人讲起他的时候经常都是一副敬仰的神情。

大人们说老头家是嘉义人、美男子、有才情、留学日本……说他娶了当时大家公认的嘉义第一美女；说娶亲那天有吃醋的情敌躲在路边用泥巴丢新娘的轿子，而有个懂命理的大师看到沾满泥巴的轿子就铁口直断“新郎婚后一定发大财，因为新娘带了田土来”！

他们说大师真准，因为老头家从嘉义到九份以振山公司的名义承租采矿权，不久之后就挖到金脉，根据我祖父的描述是“赚到的钱三代吃不完”！

那老头家现在在哪?嘘，不能说。

祖父讲起老头家就像在讲一个心仪的英雄、一个古代的侠客，浪漫又豪放。他说有一年的尾牙，老头家要奖赏矿工，而当时是老台币，不值钱，钞票的面额大到令人傻眼。祖父说老头家用卡车载了不知道几百麻袋的钞票回来，在事务所里头把所有钱都倒出来，大小面额全混在一块儿，像一座山。

工人下工后在事务所排一排，祖父说老头家好像喝了一点酒，脸红红、笑眯眯，手上拿着一个竹畚箕，要大家脱下上衣当容器，不管工人的层级是师傅还是最低阶的运土工，只问：几个小孩?然后一个小孩两畚箕，三个小孩四畚箕，没有小孩的一畚箕……至于一畚箕到底多少钱，大家凭运气。

祖父说："全台湾的历史上，这款头家你找不到第二个。"

一九五九年的秋天，村子里忽然一阵骚动——老头家终于要回来了！

就如同准备迎接盛大的祭典一般，全村开始铺路、清理环境、大扫除；接着所有电线杆和墙壁上到处贴着"欢迎刘老板返乡"的红纸。

当时小学二年级的我才明了或许大人嘴里常说的"老头家"其实应该是"刘头家"才对。

刘头家回来的那一天，全村停工、停课，家家户户都准备长串的鞭炮，然后一大早所有人就站在门口望向山腰上102号公路往村子的岔口处。

那天早上祖父才跟我说，刘老板二二八事件之后就被抓去关了，财产全部充公。说刘老板在监狱里很得人望，说只要有人要被枪毙，他都会帮他买一件全新的白衬衫给他们换上，说台湾人要走也要走得干净、走得有体面。

祖父说，事务所的职员这十几年间没有人离开，由于老板不在，所以他们的薪水都不是“领取”，而是用另一个名词替代，叫“借支”。祖父说这叫情义，这种情义台湾人才了解。

村子里的鞭炮从刘老板的车子出现在山腰上开始响起，一串接一串，到他下车跟好多人握手、拥抱，一直到被全村的男人拥进设在学校操场的欢迎式场时还没停。

刘老板给大家带来小礼物，一个特别设计的纸袋，里头有一包健素糖、一打铅笔、一把十五公分的塑胶尺以及一本笔记本，每户以小孩的数量为单位，一个小孩发一袋。

那天中午全村的餐会前，他讲了一段很长很长的话，我坐在围墙上远远地听着，有一段话至今依然记忆深刻，他说：“……我知道大家生活都不好过，不过，无论如何，再艰苦也要让小孩读书，有读书才有知识，有知识才有力量！”

我记得这段话一如祖父一辈子都记得刘老板侠客般的豪情与浪漫。

刘老板的名字叫刘明，或刘传明。美男子。嘉义人。

年糕

阿旺和我读同一个小学，低我两个年级，所以之前我并不认识他，不过他倒知道我，因为小学时代我是学校升降旗典礼的司仪。

遇见他的时候，我已经十七岁，他十五岁，两个人都已经在台北工作了。

阿旺做事的铁工厂和我住的地方其实就在同一条巷子里，只是没碰过面，直到有一天房东叫铁工来装铁窗，扛着铁架的小助手看看我，忽然笑着说："你不是那个……升旗典礼开始，全体肃立吗?"

之后只要有空，他就会跑到我租的小房间里，讲讲话或者看我房里为数不多的杂志和书。

阿旺小学毕业就到台北当学徒，我倒是比较幸运，多念了三年初中才来。之后虽然失学了两年，不过认识阿旺的时候，我已经开始在补校念高中，所以阿旺很羡慕，说等薪水够用之后，他也要重新念初中。

这个愿望阿旺从没实现过，因为之后所发生的事彻底改变了他的人生。

那天他突然出现在我房间门口，失神地看着我，然后好像站不住一样慢慢蹲下来，开始断续、沙哑地干号，我一边拉他，一边问他到底发生了什么事？好久之后才勉强听懂他说：“爸爸死了……借我钱回去办丧事……”

那年瑞三煤矿大灾变，将近二三十个矿工同时死亡。

之后几年阿旺常跟我描述矿坑口招魂的画面，他说二三十面同时在风中飘动的白幡，上百个披麻戴孝的小孩和女人的哭声，完全掩盖道士“跪……拜……”的指令，说他只记得有人在一旁喊：“跪下！跪下！”然后就看到一堆小孩“像山上的芒草被风吹过一样，从前面开始慢慢往后面矮过去”。

葬礼结束后，阿旺带着十二岁六年级的弟弟一起到铁工厂做事。

那年过年前的一个休假日，我陪阿旺和他弟弟去中华商场买衣服，阿旺说回去至少要穿像样一点，他妈妈会比较安心。

我们先买他弟弟的，阿旺坚持一定要大两号，所以一件卡其上衣穿在他弟弟身上就像布袋戏。弟弟有点求饶地看着我、看着身边其他的顾客，有人说太大了，这样小孩子跑跳会不方便。

我看到阿旺蹲下来，一边把新衣的袖子和裤管都往上折，一边说：“卡其最会缩水，你们又不是不知道！而且小孩正在长，现在不买大一点的话，眼一眨就不能穿！”

当时自己忽然鼻酸，觉得阿旺怎么突然老了，老得像他弟弟的父亲。

除夕那天我们一起回去，或许灾难已远，整个矿区已经没有伤痛的气氛，远处甚至还断续响起鞭炮的声音；阿旺有点哀怨地说：“你看，死那么多人，大家还不都是在过年，别人哭都嘛只是哭一时。”

工寮这边倒还清晰留着灾难的记号，门边贴上新春联的是幸运而完整的一家人，门边空白或者门楣上依然挂着已然残破的纸灯笼的，仿佛就直接告诉我们说：在这个门内，有人泪水未干。

进了他家，我和阿旺同时愣住，因为他父亲的灵桌上堆了高高的一大摞形状不同的年糕，那时候我们似乎才恍然大悟，知道为什么刚刚在小街上四处都看得到手里捧着几个年糕来来去去的妇人。

阿旺后来跟我讲了好几次，说他只要想到那些默默地替二三十户人家多做了二三十份年糕[①]的人的心，他就无法忘记这份情。

但他更无法忘记的是……自己曾经那么自以为是的怨怼的心。

---

① 台湾习俗，服丧之家过年不做年糕，但至亲好友通常都会记得帮他们多做一份。

琵琶鼠

不知道有意还是凑巧，那对父子总让人觉得是宁愿远离人群而活在他们自己的世界里。

我们的村子坐落在山谷中，绝大多数的房子都盖在山坡的向阳面，而他们却挑了对面那个要到中午过后才晒得到太阳的山坳里。

孩子的年纪好像跟我差不多，但我已经三年级了，他却还没上学，老看到他带着一群五颜六色的狗在对面的山上游荡着。他长得跟他父亲很不像，父亲黑，他白，父亲的脸孔看起来粗犷冷酷，他却细致柔和。

也许长相差异大，所以有关这孩子的来历闲话就多，比较被“肯定”的说法是：宜兰那边一个年轻的女老师跟外省的军人有了孩子，老师的父亲是乡长，他坚决反对这段感情，于是骗人家说女儿要到台北进修，却把她带到顶双溪的亲戚家住了几个月，把小孩生下来，然后给了一个正在附近帮人家垦山的罗汉脚一大笔钱，要他把那小孩“处理一下”。

罗汉脚看小孩可怜也可爱，最后就把他当自己的孩子，带着他离开顶双溪四处打工过活。当然，这是没经过证实的说法，不过，倒也符合孩子为什么没上学的理由，因为没办法入户口。

村子里的父亲们大多数是矿工，而这父亲的工作到底是什么我们却都不懂。他好像什么都不做却又什么都做，比如扛矿坑里要用的木头或铁轨、整修村子通往外头的山路、帮矿业事务所的屋顶漆柏油等。但最令人印象深刻的工作却似乎都跟死亡有关，比如有人摔死在山谷，尸体得扛上来；或者有人吊死在山上，长虫的尸体需要处理；甚至夭折的小孩得找地方埋，人们想到的绝对就是他。

他的本名好像没人确定也没人在意，大家都叫他的绰号“老鼠”，至于那个孩子的名字好像理所当然地就叫“老鼠子”。

这对父子的另一个传奇是好像什么都吃，自从某次有人发现老鼠子竟然千辛万苦地爬下山谷把人家丢弃的死鸡从草丛中找回去吃之后，只要村子里有死鸡、死鸭时，都会大声地朝山的那边大喊：“老鼠，有死鸡哦，要不要拿回去炒姜丝？”

村子里的人这样的行为不但没有任何贬抑的心思，甚至还有一点回馈的意思。因为老鼠通草药，只要有人长了什么不明的肿毒或者被蛇咬，都会去找他讨草药，要是有人想给个红包，他都会粗声粗气地说：“给我钱干吗？给山神啦！这些都是它赏赐的！”

不过，那些草药对老鼠来说就像“秘方”一般，他都自己去采，然后磨碎、剁烂让人无法分辨。

有一次弟弟发高烧，妈妈要我到对面山谷找“一叶草”；那是一种长在阴湿的草丛里的草药，长得很小也很少，要找到足够磨出一碗药汁的一叶草，老实说，那不仅得凭本事，更得靠运气。

记得走过老鼠家的门口时，天已经暗了，那父子俩正在煮晚餐；我看到老鼠子在门外简陋的炉子上搅动一锅饭，老鼠正切剁着好几只剥了皮的“小动物”，而他脚边五六只狗则忘我地嚼着什么，我仔细一看，差点吓呆！原来是山老鼠的头、带毛的皮和零零碎碎、血迹斑斑的内脏。

老鼠问我这么晚了干什么？我说要找一叶草，因为弟弟在发烧。

他看看我说：“这么晚了你哪里找？有一叶草的地方蛇还特别多……你爸妈也太见外，不会在对面喊我一声就好，这么晚了还叫一个小孩来找。”

“你知道哪里有一叶草？”老鼠转头问。

“知道啊！”他儿子说。

“那你还站在那边看热闹？”老鼠说。

老鼠子一听便领着我走向已经逐渐暗下来的山坡，拨开长得比我们还高的芒草，热门熟路地往谷底走，好一会儿之后他忽然停下脚步转头跟我说：“我问你哦，每天你们在学校那边很大声念的那个是什么？二一二，二二四，二三六那个？”

“九九乘法表啊，你怎么知道？”

“我也会啊，你们每天念，我远远地听，听久了就会了！”

然后他就开始一边走一边念，念得比我还利落顺畅，当念到

“九九八十一”的时候，还学我们的语气把声音刻意扬高。

“你们念这个要做什么用?为什么没念对的老师都会打?”他问。

我真的不知道该怎么回答，因为我也不知道背这个要做什么，只好说：“考试要用。”

“哦。”他忽然又回头问我说，“那我也可以去考试了?”

在手电筒微弱的光线下，我看到的是他认真地等着我回答的表情，不过，当我还在想应该怎么解释的时候，他却笑笑地说：“我讲好玩的啦，要去学校读书才可以考试啦!”

然后他就蹲了下来，要我把手电筒照过去，就在芒草的深处，我看到了从未见过的、那么大一丛肥嫩多汁的一叶草。

我跟他头凑着头一起摘，闻到他身上那种夹杂着汗臭、狗骚味、柴火的烟气等等的浓烈的味道，也看到他比我黑也比我粗的手指熟练地一闪就是连根带叶完整的一株，而我好像再怎么小心地拔，最后也都残缺不全。

当我们捧着满满一兜的一叶草回到他家的时候，老鼠正叼着烟坐在门边磨柴刀，他笑笑地问我说：“要不要跟我们吃饭?今晚我们有老鼠肉炒豆豉哦!”

那是我最后一次看到他。

半年之后某一天的黄昏，有人走过老鼠的家，发现老鼠子正在剁一条连皮都没剥的雨伞节，听说被他剁成一节一节黑白分明的蛇肉还在砧板上不停地蠕动着。人家问他：“爸爸怎会让你自己杀蛇?不怕你被咬?”孩子的回答是:“爸爸在睡觉!”

而当那些人走过几步之后才知道事情大条了，因为那孩子接着说:“爸爸睡到虫都爬到身上了还叫不起来!”

村子里的人和警察把老鼠从屋子那边抬出来的时候，我依稀记得包括父亲在内的所有人都把毛巾蒙在脸上，而且还举着大把大把的线香。

没多久之后,老鼠子走了,听说是被一个远亲接去照顾。

他走的那天大雾迷蒙,我下课回家时正好遇到老鼠子,他背着包袱跟在一个大人的后面,胸前捧了一个篮子,里头装着的是老鼠的牌位和香炉;他转头笑笑地看着我,而嘴里却小声地念道:“九八七十二,九九八十一!”然后就慢慢地走入雾里,慢慢地消失踪影。

那样的情境一如电影的溶出效果，而再度溶入时却已经是将近四十年后的事。那年弟弟意外过世,大体移进殡仪馆之后,我茫然地走到外头抽烟,一个中年人忽然走到我身边,我闻到他身上淡淡的檀香的味道。他低声地跟我说:“吴先生……要节哀哦……我认识你,小时候,我们一起摘过一叶草……不过,你不一定记得。”

他递给我一张名片,然后就默默地走了。

职称是葬仪社负责人的名字下打了括弧写着他的外号:琵琶鼠。

竟然是在四十年之后我才知道老鼠子真正的姓和名字。

又过了很久,跟朋友讲起这件事的时候,朋友才跟我说“琵琶鼠”是一种鱼,说养鱼的人都知道,它不是鱼缸里的主角,却万万不能少。

秘密

从小学四年级开始，帮普遍不识字的邻居写信、读信已经是我日常的任务。

一般的信，邻居们通常是拿着信纸、信封直接到我家，交代内容由我代笔；如果事涉隐私，比如对儿子带回来的女朋友有意见，不希望他们继续交往，或者跟在外工作的儿子抱怨在家的媳妇不孝、不检点等等，则是把我叫到他们家或者没人看到、听到的地方写。

阿英从没跟我讲过话，更甭说写信，所以有一天当她叫住我，说“阿钦，拜托帮我写一封信好不好？”的时候，我忽然有点尴尬甚至不知所措。

那时候我已经初中二年级，对男女性事正处于一种启蒙的混沌阶段，而阿英偏偏又是村子里许多暧昧话题的主要人物，有关她的传闻甚至早已在我的脑袋里“画面化”，所以被叫住的那一刹那，虽然四顾无人，但我不仅听见自己心脏激烈跳动的声音，耳边甚至还响起村子里所有半大不小的孩子们那种可以想象的诡异的哗笑声。

阿英从嫁到村子以来就很少跟人家有交往，原因不知道是她的出身、婚姻，还是某些独特的行为或打扮。阿英曾经是一个“茶店仔查某”，不知道为什么却让村子里公认最憨厚、老实的阿将给迷上了，最后甚至不顾家里所有人的反对，把她娶回家，外带两个“父不详”的孩子。

由于家里不接受阿英，阿将干脆在村子尾自己盖了一间房子，一家四口过自己的日子。

村子里的女人都嫉妒阿英，因为阿将舍不得让她出去工作，所以除了带小孩之外，天天“穿水水、点胭脂、拉机欧[①]转到大大声，唱歌喇曲过日子”；而阿将为了养太太、养“别人的小孩”，只好天天加班“从死做回来”，不知道村里的人是不舍还是觉得阿将活该，都说他“日拖夜磨，一年老十岁”。传闻就从此开始了，说阿将天天拼老命，而阿英却背着他跟许多卖菜、卖肉、卖杂细的人不清不楚、勾勾搭搭。

一年多前，阿将忽然大量吐血过世了，虽然医院说死因是多年胃溃疡所导致的急性胃出血，但许多人还是宁愿相信阿将是为了阿英和孩子累死的，甚至还有流言说是阿英每天在饭菜里掺老鼠药害死的，说“不信大家看，阿将没过百日，阿英就会跟客兄落跑”！

没想到阿英不但没跑，甚至还开始出门做工养家，而且，也许是不想面对村子里无所不在的异样的眼光吧，她选择到一小时路

① 闽南语，“收音机”之意。

程外的猴硐去当洗煤工。

那天是我第一次走进那个充满暧昧传闻的主场景，但我有点失望的是它跟一般矿工的住家并没有什么不一样，而且收拾得非常清爽干净。两个分别已经小学四年级和五年级的孩子正在写作业，墙上阿将的遗照仿佛带笑注视着他们。

“你们两个先去挑水，把水缸挑满，我有事要拜托阿钦哥哥……”小孩离开后，阿英跟我说，“有些事……我不想让小孩知道，所以才拜托你。”

阿英要我写信去宜兰老家跟哥哥借钱。

“你要特别写清楚，说我是跟他借，以后还是会还，不是因为丈夫死了，找理由讨人情。”阿英说之前她曾经托人带过话，可是哥哥回话说，她是找理由跟他讨之前她“做事”时陆续寄回家的钱。她有点哽咽地说：“你跟他说，阿将是有保险可以领，但是，我一毛钱都没分到，连葬礼的白包……也都是阿将的家人拿了……”

几天后宜兰的回信来了。

当她把信递给我的时候，我看到的是一双被洗煤水泡得有点肿胀、龟裂的手，粗粗短短的手指头上还有一些被石头或煤炭割伤的疤痕，一如我妈妈的手。信写得很直接，她哥哥说没钱可以借，因为暑假后三个小孩都要注册，说他自己身体也不太好，得看医生、吃药，说他只靠一块“瘦田”养一家，而阿英在矿山，赚钱的机会至少也比他多……

我看到阿英的脸慢慢垮了下来，当我念完之后，她忽然闷着声

音说:“他的小孩要念书……我的就不用?……矿山好赚钱?他是要我再去给众人干吗?”

我愣在那里不知所措,不知道该说什么样的话,也不知道是该离开或者继续坐在那儿。尴尬了好一会儿,阿英才拉起衣襟抹了一下脸,抬起头笑笑地跟我说:“歹势……这种见笑的事,都让你知道了……你可不要跟人家讲哦!”

那年的中元节之前来了一场超大的台风，村子里三分之一以上的房子不是全倒就是半倒。这场灾难对矿脉已经衰竭的家乡来说不啻是一个致命的打击，很多受灾的人干脆就死心地离开那个曾经繁华一时的地方。于是,台风过完不久,整个村子就让人感觉像是在一夜之间萧条、衰败下来。

阿英的房子也垮了,村子里的男人一起去帮她修。父亲回来之后,我听见他跟妈妈说阿英很不会打算,说她大概把阿将的保险金都花光了,说修房子的材料都没买够,大家忙了一天,她也只买了一打汽水,连煮个点心什么的都没有。

我信守对阿英的承诺,没跟父亲说其实阿将的保险金,根本没有阿英的份。

那年暑期辅导课的最后一天刚好是中元节前夕，由于只有一节课的考试,所以我比平常早了一班火车回家。正午的烈阳下整条山路没有半个人影,但当我走近一座跨越山涧的小桥时,隐约地好像听到短促的人声,不过分不出男女,也听不清内容,而偏偏那个地点又是恐怖传说最多的“歹所在”,所以刹那间我已被吓出一身鸡皮疙瘩。

那座用条状的石板铺成的桥不长，约莫才两三公尺。当我一踏上桥，我就知道干涸的桥下的确有人，因为我看到桥下的杂草丛里露出一截竹扁担，所以过桥的时候，我不自觉地、好奇地放慢脚步，盯着石板缝隙往下看。

在正午直射的阳光下，我清楚地看到阿英的脸，而她的身体则被一个男人裸露的背部整个覆盖住，另一道缝隙里，则出现猪肉担子的局部。

我不知道阿英是否也同样透过缝隙认出是我，然后像传说中的鸵鸟会把头埋进土里，用“没看见”来逃避已然无法逃避的危急那样，我看到她很快地闭上眼睛，然后把头往一边侧过去。

那一刹那的画面始终留在我的记忆里。

由于第二天是中元节，所以那天傍晚矿坑口特别热闹，因为在冰箱还不十分普遍的那个年代，村里的人习惯把容易腐败的鱼、肉拿到温度比较低的矿坑里存放。

就在我挂好牲礼，并且在上头做好记号正要离开的时候，我看到阿英也拎着一大块猪肉走了过来。有人看了一下她手上的猪肉之后赞美说：“啊，你挑的这一块最好！那个死卖肉的说‘胛心肉’没货，原来是被你买走了。”

她毫无表情地从我身边走过，而且就像根本不认识我一般，连看都没看我一眼；而就在她走过之后，我却忽然觉得轻松，虽然也有那么一点点的失落感。

小小起义

村子的小学是分校，只有一到三年级各一个班，四年级之后就得走一小时的路到山下的本校上课。

也许太偏远了，所以除了专带一年级的老师因为一家人就住在村子里，因此始终没走之外，二年级和三年级的老师好像一直来来去去。最久的一年，短的一学期，甚至还有一个女老师报到那天哭着爬上山，第二天请病假，说是一双脚全起水泡，接着就落跑，起水泡的脚怎么走下山……没有人知道！

唯一待过一年的那个，老实说，除了我们那里，大概也没人要。

他讲话乡音重，大家有听没有懂，迟到早退是小事，课上到一半还可以把卖猪肉的叫进教室，挑肥拣瘦、讨价还价，好像自己吃什么比教孩子什么还重要。

所以，听说那个真正师范毕业、长相又斯文的年轻人竟然肯上山报到，当我们三年级这班的老师时，村子里的人都觉得我们出运了，因为山上总算来了一个像样的老师。

第一堂课他就跟我们说虽然我们是乡下的孩子，但他有把握把我们教得像城市的孩子一样，有礼貌、有规矩，不会土里土气。

他觉得我们的国语都讲得太烂了，所以虽然已经三年级，我们都得再学一次ㄅㄆㄇ[1]，该卷舌的一定要卷舌，不管问问题还是报告什么事，只要发音不标准的，他都会要我们重复讲一次，讲到合他的意；这还没关系，最受不了的是他经常骂我们“猪”，而且是“一群猪”。

憨贵是我们班上最后一名，脑袋不灵光反应比较慢，有一天课上到一半，他忽然举手说：“报告老师，我要上厕所。”

他讲话本来就不清楚，更甭说要他搞清楚哪个字要卷舌。当老师要他再讲一遍的时候，我们都忍不住笑出来，因为他干脆从头到尾每个字都卷着舌头讲；但是，当他重复到第六遍时，我们已经笑不出来了，因为我们都听到他拉肚子的声音，而且臭味扑鼻，但老师还是坚决要他重复说，一遍又一遍，直到我们都和憨贵哭成一团。

“猪就是猪！分不清ㄓㄔㄕ[2]，到处乱拉屎！”老师最后指着憨贵说。

不过憨贵真的是憨到死，所有人都知道老师看他不顺眼，只有他自己搞不清楚。

有一天老师讲到蝙蝠，说蝙蝠可以发出音波，因此即便是夜晚，怎么飞也不会撞到树、撞到墙。憨贵忽然举手笑眯眯地说：“报告老师，蝙蝠会撞到竹竿。”

---

① 台湾地区目前尚在使用的汉字注音符号，指“b p m”。

② 台湾地区目前尚在使用的汉字注音符号，下页同。此处指“zh ch sh”。

我们听到老师冷冷地说："我上课的时候，猪，不要讲话。"

没想到憨贵还是认真地说："蝙蝠真的会撞到竹竿。"

我们替他捏了一把冷汗，没想到老师却只沉默了一下，然后说："如果蝙蝠会撞到竹竿，老师就跟你一样……是一条笨猪！"

那天晚上写完功课之后，也不知道为什么，忽然很想做一件事，于是就扛着晾衣服的竹竿，走到路尾经常有蝙蝠飞掠的空地去；没想到才一走近，发现好几个同学早已经在那里用力晃动着竖在地上的竹竿，竿尾快速地搅动空气，发出有如疾风吹过一般咻咻咻咻的声音。

已经忙得一脸汗水的他们看到我，纷纷用非常夸张的卷舌音说："赶快多打几ㄓㄨ蝙蝠！""让老ㄕㄨㄓㄨ道憨贵不是猪！""让老ㄕㄨㄓㄨ道蝙蝠会撞竹子！""让老ㄕㄨ真的变成一ㄓㄨ[1]猪！"

老师不知道，用这种方法打蝙蝠是这个村子里的孩子早就已经玩到不想玩的游戏。

第二天早上老师走出宿舍时，应该有看到十几只死蝙蝠躺在他门口才对，但奇怪的是，他始终没提这件事，不过，直到半年后他离职，我们确定的是再也没听他骂过谁是猪。

---

① 分别指"zhu"，"shu"。

魔幻记忆

那条山路是村子对外唯一的孔道，一头往九份，一头往猴硐。往九份是购物、看病、看电影的路，因为一半上坡、一半下坡，所以去回的脚程都差不多，大约四十分钟；往猴硐则是上学以及搭火车去远方的路，去程下坡，回程上坡，所以去与回的时间有差，下坡四十分钟的路，爬坡回来大概要花上一个多小时。

这样的路，从小学四年级开始，得从故乡的分校转到猴硐的母校上课之后，每天来回一趟，一直走到我初中毕业一共走了六年。

那条路沿路都没有住家、没有路灯，有两座里头塞满无主骨灰坛的有应公，以及几处连白天都显得阴暗甚至感觉寒气逼人的大弯，所以永远不缺鬼故事；至于经常出现的“生物”也大都吓人，比如蛇、蟾蜍、白蚁群（我们通常叫它“大水蚁”，也许是它通常在大雨过后成群出现的缘故吧）。

蛇的种类和数量都不少，所以我们早就习以为常，一旦看到蛇，没有人会有任何惊吓的反应，通常是继续既有的话题，一边随手捡起一块石头丢它要它让路，如此而已。

不过，蛇万一遇到的是阿赖，那就倒大楣了。

我始终不懂阿赖对活着的东西为什么都永远充满杀气，仿佛在他的视线里，除了人之外，不容许有任何活物存在一般，所以遇蛇必打。即便是已经大半身逃进石洞里的蛇，他也硬是要把它拉出来直到打死打烂才甘心。

其实不只是蛇，连蟾蜍和蜗牛他都一视同仁，必杀之而后快。

记得某个大雨过后放学回家的路上，走在前面的女生忽然传来惊叫，我们冲上去一看，当下所有人几乎都呆住，并且刹那间泛起一身鸡皮疙瘩，我们眼前出现的是令人惊吓的场面：成千上万大大小小的蟾蜍，正以大约十公尺左右的宽度，从山坡缓步而下，漫过路面，然后往坡下的大粗坑溪移动，乍看之下就像整个山坡正缓缓崩塌一般！

当所有人都还在惊魂未定的状态中时，我们看到阿赖忽然跳进蟾蜍的洪流中，一脸杀气地跳跃着，无数的蟾蜍随着他每次的跳跃在他脚底下肚裂肠流，我们甚至还听得见此起彼落的躯体爆裂声音。然后女生开始哭了起来，接着男生们也开始喊道：阿赖，不要啦！阿赖！

仿佛在极度兴奋状态下的阿赖，似乎没听到我们求饶般的叫喊，一直持续大开杀戒；最后，他忽然像中邪一般刹那间静止下来，一脸痛苦地面对我们，然后一手挖着嘴巴，另一手求援一般地朝我们伸着，脚步歪斜地向我们这边走了过来。女生惊叫地跑开，他一把抓住我，痛苦不堪地指着自己的嘴巴。

我先看到的是他的脸上那些从蟾蜍身上喷溅过来的汁液和肉层，闻到一股奇怪的腥臭，然后看到他张开的嘴巴里好像塞着什么东西。他一直痛苦地挖着嘴巴，眼泪冒了出来，喉咙持续发出低沉的、怪异的声音；最后他身体忽然激烈地往后一仰，哀叫一声，然后我看到一只小蟾蜍就从他的嘴里喷了出来，往远处飞落，不过看不出是死了还是活着。

我一直怀疑我的记忆到底是真实还是曾经经过修正，记得当阿赖蹲在地上急促地、用力地喘气的时候，我依稀看到整群蟾蜍忽然呈现完全静止的状态，而且几千万只眼睛好像都朝着阿赖和我这边看过来。

十年后，我在金门当兵；有一天接到弟弟的信，说同样在服役中的阿赖趁休假时在老家上吊自杀，没有遗书，原因不明。

那一夜我在一个噩梦中惊醒，我再度梦见蟾蜍搬家，成千上万缓缓移动，一如山崩。

告别

住了三十年的村落，今天要走了。

不知道是天意还是巧合，就和三十年前他来到这里的那一天一样，也是一个浓雾弥漫的日子。

三十年前他在嘉义的中药店当学徒，历史的悲剧发生期间，一个常来中药店聊天的长辈被枪毙而且曝尸在火车站前。那是他少数打心里喜欢也敬重的大人，于是就傻傻地买了香远远地祭拜，中药店老板知道后怕惹祸上身，当天就把他辞退了，要他“愈远愈好，赶快跑”。

多年之后他儿子曾经问他说：当时你哪会那么浪漫地想要跑到这离家几百里的台湾头来挖金矿?

他的回答是：浪漫?……是傻!才会像鸟自己飞入笼，是傻，才会年纪轻轻身体就先埋一半!

此刻，他站在山顶，102 号公路通往村落的岔路上。

天气好的时候从这里可以俯瞰整个村子；当年刚到的时候他一样站在这里，望着一片白蒙蒙的山谷，不过他记得当时曾经在心里这样想着：金仔山……我来了，当我离开的那天必然是钱银满袋，准备回嘉义买园买田、娶妻生子的时候！而就在那一刹那间，雾……忽然散去，一个有三百多户人家、有电、有客运车行走、人声鼎沸的村落就整个清晰地出现在山谷里。

那是一九四七年的事。

而现在……即便雾散了，他能看到的也只是一片人去屋空的废墟。人都走了，等他这一家一走，全村将只剩三户。

来的时候十七岁的他还没有入坑工作的资格，只能在捣矿厂当杂工。十九岁时认识了一对丧子的夫妻，自愿当人家的义子，住进人家家里。二十岁开始入坑工作，二十一岁时，这对夫妻跟他说：你该娶太太了，我们在贡寮的山上帮你物色到一个女孩……不过我们希望用招赘的方式，生下的第一个男孩子要跟我们的姓，继承我们的香火……

他说他答应了，理由是：情义。因为没有他这个义子在身边，这对夫妻老了有谁照顾？

他记得几年后当他带着妻儿回嘉义，父亲看着床上熟睡着、跟他不同姓的长孙时，忽然压抑着情绪说：我这世人也没做什么伤天害理的事……怎会生出一个背祖的儿子？

他说他在父亲面前发誓：我不会让他忘记自己血肉的来处。

后来又生了儿子，可以跟他姓了，他用出生地“民雄乡松山村”里头的两个字为孩子命名。

之后他就在黝暗、潮湿、处处危机的矿坑里用汗水和体力换衣粮，养活了他的义父、义母、妻子和五个孩子。

三十年来不知道有多少次走过轮岑顶，但每经过一次，当初“钱银满袋，买园买田”的冀望就淡了一点，而今天站在同样的地方，他想的又是什么？

多年之后当他挂着氧气管，躺在医院的病床上回想那一天的情景时，他跟儿子说：我想……我认了，这一生只得两字：无缘……父母无缘，富贵无缘，土地无缘。

那天，他和妻子一趟一趟地把为数不多的家具和杂物、细软扛到岑顶的岔路上，等着朋友的孩子开车从九份过来，帮他们把它运到瑞芳那间看不到山、也不会再有浓雾在门口萦绕的公寓里去。

最后的一趟他手里捧着的是跟他不同姓氏的祖宗牌位。

当他们走到山顶的时候，没想到雾竟然慢慢地散去，让他可以留下这个村落最后的一瞥，只是满山的芒草都垂挂着晶莹的水珠，有如泪滴。他无语地凝视着一片死寂的村落，最后才自言自语似的说：几十年人生……一转头，什么都没有。

妻子说：有啦……至少我们养大了五个孩子。

他看了一眼妻子之后，说：但是……这些孩子此后不就和我一样？一个连故乡也没有的人？

这是一九七五年冬天一个斜风细雨的午后。

三年后，那个俗称“大粗坑”的“台北县瑞芳镇大山里”就从台湾的行政区域上永远地被除籍。

第三辑

搏真情的朋友们

春天

阿圆是金门金沙市场一家杂货店里打杂的小妹，长得不是很好看，加上老板以吝啬出名，所以跟其他杂货店比起来，他们的生意差很多。

那年头在金门当兵根本没有机会回台湾，所以不管哪家店，只要有稍具姿色的美眉驻守，几乎不管服务或者商品的品质有多烂、价格有多不合理，也可以让一大群“精子已经满到喉咙，吐口痰连爬过的蟑螂都会怀孕”的阿兵哥蜂拥而至；于是供应全师将近一万人伙食材料的市场摊商当然会运用这种“美人计”，每天清晨灯火通明的市场内，各个鱼肉蔬菜的摊位只要有美女露脸的必然生意鼎盛，阿公阿嬷顾守的永远乏人问津。

采买兵通常是一边跟美女打打嘴炮、吃吃豆腐，一边把各种伙食材料的品类和数量的单子交给她，然后转向另一摊继续哈拉，至于最后被摊商送上采买车的商品斤两和品质好像也没人在乎。

各类生鲜买完，接着买杂货。杂货单价高，所以采买兵喜欢的店除了美眉之外，更重要的是老板要上道，回扣、香烟要舍得给，最好连早餐都帮采买准备好。

不过，也不是每个采买兵都这么屌，人多的部队伙食费高，采买是大爷，至于我们这种二十几个人的小单位，不管生鲜摊位还是杂货店永远把我们隔着门缝瞧。

我跟小包当采买的第一天就碰到这种势利鬼。

那天我们买完菜才进杂货店，看到步兵营的采买要离开，香烟随手一拿就是好几包，小包只不过才拿起老板桌上的烟打出一支要点上，老板竟然就把香烟往抽屉一收，抬头问小包说："你是哪个单位的?"

家族企业第三代的小包大概从没这样被侮辱过，当下把烟往老板的身上一甩，拉着我掉头就走。

市场晃了一圈之后，我们选了一家几乎没什么阿兵哥的杂货店，而从此之后我们单位就成了阿圆和她老板少数的顾客。

阿圆十七岁，应该初中毕业不久，因为她老穿着一件还留着学号的深蓝色旧外套。她话不多，笑的时候老是掩着嘴，有一天我们才发现她缺了两三颗门牙。"怎么不去补?"我们问。她说："我爸去台湾做工，说赚到钱会给我补。"

阿圆的爸爸是石匠，金门工作少，应聘去台湾盖庙刻龙柱。

杂货店老板是她的亲戚，但使唤的语气一点也不亲，有一次甚至还听见他跟别人说："我是在替人家养女儿!"

那年是我们第一次在外岛过年，除夕到初二都加菜，所以除夕前采买的钱是平常的三四倍。那天小包半开玩笑地跟老板说："跟你买这么久,也没看你给我们一包烟,一点 Bonus!”没想到老板竟然冷冷地笑着说:“我以为你们营部连的比较干净,我看,都一样嘛!”然后打开抽屉拿出一包烟以及两张百元的钞票塞给小包,接着就往屋里走。

我知道小包是憋了一卵泡火,可没想到是临走的时候他竟然随手抓起一打酱油往推车上放,说:这是给连上的 Bonus!

阿圆什么都看到,但什么都没说。当她帮着我们把东西推到采买车的路上,小包把那两百元拿给她,她一直摇头。小包说:“拿着,这不是我给你的,这是你那个亲戚给你的过年红包。”

谁知道我们的东西都还没装上车,远处突然传来一阵急促的哨音,一回头,我们看到老板带着两个宪兵,正指着我们这头快步地走了过来。

老板揪住我们,把我们推向宪兵,然后走到车尾装货的推车,一把将酱油拎出来,跟宪兵说:“你看!这就是他们偷我的。”

停车场上所有人都盯着我们看,就在那种尴尬、不知所措的死寂中,我们忽然听到阿圆的声音说:“他们没有偷啦,是我……放错了。”

我和小包转头过去,只见她低着头,指着酱油说:“我以为是他们买的……就搬上推车了。”

“那你们有没有看到她搬上车?”宪兵问。

阿圆转头看看我们,我还犹豫着该怎么反应,没想到却听见小包直截了当地说:“没有。”

宪兵回头跟老板说:“你误会了吧?”

老板先是愣了一下，然后忽然快步走向阿圆，随手就是一个耳光，说："你是想要他干你，然后带你去台湾啊？你想乎死啦你！"

阿圆站在那边没动，捏着衣摆低着头，也没哭，一直到我们车子开走了，远远地，她还是一样的姿势。

车子里小包沉默着，好久之后才哽咽地说："刚刚，我好想去抱她一下……"

我们驻地旁边的公路是金东地区通往"勿忘在莒"勒石和金门名胜海印寺唯一的通道，平常是禁区，每年只有春节的初一、初二对民众开放一次。

对阿兵哥来说，道路开放的最大意义是，在这两天里金东地区的美女们一定会从这边经过，所以两百公尺外那条持续上坡的公路，在那两天之中显然就像选美大会的伸展台。初一的早点名草草结束后，我们已经聚集在视线最好的碉堡，把所有望远镜都架好，兴奋地等在那里。

那天天气奇好，阳光灿烂，所以上山的男女纷纷脱掉外衣，可看度以及可想象度都当下增加不少。十点左右是人群的高潮，随着各店家那些驻店美女陆续出现，碉堡里不时掀起骚动，忽然间，却有人回头说："钦仔、小包，你们的救命恩人出现了。"

我们分别抢过望远镜，然后我们都看到了阿圆。

她穿了新衣服，白色的套头毛衣，一件粉红色的"太空衣"拿在手上，下身则是一条深蓝色的裤子，头发好像也整理过，还箍着一个白色的发箍，整个人显得明亮、青春。

我们看到她和身边一个应该是她父亲的黝黑中年男人开心地讲着话，另一边则是两个比她小、应该是她弟弟的男孩。

小包忽然放下望远镜，大声地喊她的名字，可是她好像没听见；碉堡里忽然又掀起另一波忙乱，几分钟不到简便的扩音器竟然就架设起来了。

当小包抓着扩音器朝公路那边喊“阿圆，你今天好漂亮！真的好漂亮呢，阿圆！”的时候，整条公路的人都慢慢停下脚步听，然后纷纷转头四处顾盼，好像在找谁是阿圆。

阿圆先愣了一下，看看父亲，然后朝我们这边望着；小包有点激动起来，接着说：“营部连小包跟阿圆说谢谢！跟阿圆爸爸说新年快乐，你女儿好棒，而且好漂亮！”

她父亲朝我们这边招招手，然后好像在问阿圆发生什么事。

我看到小包的眼眶有点红，于是拿过扩音器接着说：“阿圆，你是我见过最勇敢的美女……我们营部连所有人都爱你！”

公路那边的人都笑了，围着阿圆，甚至还有人鼓起掌来。之后扩音器便被传来传去，“阿圆，谢谢！”“阿圆，我爱你！”“阿圆是金门最漂亮的女孩！”……不同的声音不断地喊着，整个太武山有好长一段时间一直萦绕着阿圆的名字。

从望远镜里我们看到阿圆流泪了，她遮着嘴，看着我们碉堡的方向。

其实她是笑着的，在灿烂的阳光下。

直到现在，每年的春天我都还会想起阿圆以及她当时的笑容。

未遂犯

那个兵看起来斯文，眼神有点忧伤，和其他新兵比起来年纪似乎比较大，也多了一点沧桑。

资料显示他犯过罪，刑期没超过四年，所以得回来把兵役服完，他犯的罪是“强奸未遂”。强奸未遂……为什么？当我透过窗户看着他的身影时，办公室里所有的人都已经此起彼落嘻嘻哈哈心术不正地问。

人事官是预官，社会系毕业的，决定把那家伙分发到伙房，理由是：“你们才看到资料都已经好奇成这样子了，如果分发到连上去，万一所有的兵都轮流问他‘为什么’，你们说哪天会不会出事？”

人事官果然英明，因为即便把他摆在厨房和其他人的互动不多，但偶尔还是会有脱轨的时候。因为总有好奇的轮值采买会问他：“为什么会‘未遂’？”据说他通常是冷冷地回答说：“因为我看清楚之后才知道她是你妈妈，长得丑、屄又臭！”接着当然不是争吵就是斗殴。

或许每隔几天的主食申请和库存报表都是他来营部找我办，

所以慢慢地跟他混熟了。有一天他跟我借书看，那时候索忍尼辛[1]刚得诺贝尔文学奖，桌上好几本都是他的书，所以借给他《古拉格群岛》。

其实，真的不是蓄意，不过巧合的是那本书讲的正好是苏联集中营的故事，所以过了几个礼拜他还书的时候忽然笑笑地跟我说："监狱……好像多少都有点像，犯人啦、戴帽子的啦……"跟他之间比较紧密的友谊，以及慢慢知道他的故事，似乎就从我问他什么是"戴帽子的?"开始的。

十五岁初中二年级的那年冬天，在菜市场卖猪肉的父母倒了人家的会之后失踪了，没多久被发现上吊自杀在外县市的小旅馆。那年他妹妹十二岁，小学六年级。之后几年他和妹妹辗转在叔叔、姑姑以及舅舅家吃住。他说妹妹敏感，很容易察觉（或者误解）人家言词或举止上的冷漠或鄙视，所以很多次他都为了妹妹跟那些亲戚翻脸。

高一那年寒假的某个晚上，他发现姑丈竟然偷看他妹妹洗澡，恼羞成怒之下的姑丈竟然说："给你们吃、给你们住，过完年还要帮你们付学费，看一下会蚀本吗?"他说他抓起扁担把姑丈打到送急诊，之后干脆休学当捆工，然后租了一个小房间和妹妹一起独立过活。

他说有时候工作到很晚，看到桌子上妹妹留下来的饭菜和关心的字条，然后转身看到床上妹妹安心地睡觉的样子，他都会想

① 即索尔仁尼琴。

哭，都会觉得她就是他一辈子的责任了，以后谁要对他妹妹不好的话，他一定会让他死。

至于“未遂”这件事……他说想起来都像做梦。那天是他虚岁二十的生日，一堆人带他去喝酒庆生，骑车回来的路上，有点醉意的他差点撞到一个女学生。他说在车灯照射下，那女孩惊慌又无助的表情让他“不知道为什么，就是很想抱她一下，然后，我真的就去抱她，我一抱，她就开始哭，她一哭，我忽然觉得她好像我妹妹以前被亲戚骂的时候……所以我也开始哭，然后，她就跑了，而我却还坐在那儿哭，哭到连警察来了都还不知道要跑”。

“你也许不相信……就跟警察和其他人一样，但，真的是这样。”他说。

退伍之后我们陆续还有联络，五六年后他寄来喜帖要我去喝喜酒。

那时候他是一家小修车厂的老板，妹妹师专毕业在教书，新郎跟我说：“那个哭得眼睛肿肿的就是我妹妹，我结婚……新娘没哭，反而是她在哭！”

当看到新娘的时候，我似乎明白了什么。

那新娘不只像而已……老实说，简直就是他妹妹的翻版。

茄子

有很长很长一段时间不敢吃茄子。多长?算一算大约三十五年。

三十五年前,三年兵役的最后一年,部队从金门移防台湾。

许多资深军官和士官长忽然一窝蜂地办婚事,大部分娶的是年纪几乎可以当他们女儿的东部原住民姑娘。

老莫好像一点也不动心,一如往常独来独往。他是空中管制无线电台的台长,和几个兵成天窝在装满无线电器材的拖车里,除了三餐派个人出来打饭之外,跟通信营的其他人好像少有接触,也常让人忘了他们的存在。

我是营部行政士兼通信补给,挟职位之便倒常到他们那儿厮混。

比起其他资深军官和士官长,老莫其实"知识"许多,看英文的保养修护手册像翻报纸,没事的时候老是看他泡茶读《古文观止》;不过,最吸引我的还是他床铺底下那一大叠书,但始终坚持只能在电台里头看,绝对不借出,因为大部分是三〇年代作家的作品,还有盗版的金庸、还珠楼主的武侠小说，当年都还是禁书。这样的一个人怎可能没升官，一辈子士官长？他的说法有两种，一是：不希罕！二是：我是笨蛋管不了人，更不想给笨蛋管！

老是说这种话的这种人，别说在封闭的军队里，即便在社会上也注定孤绝，甚至永远有一堆人等着看他倒楣出错、出糗。

有一天我去电台核对器材账册，随口问他说："士官长，你没想过跟他们一样娶个老婆以后当老伴啊？"他看了我一眼，很严肃地说："他妈的，我才不想害人咧！凭啥花几个臭钱就让年纪轻轻的姑娘跟着老家伙当怨妇、当寡妇？"

那是我跟他之间最后一次的交谈。

几天后电台奉军团的命令到南部支援演习，下午五点应该报到，没想到老莫六点多打了电话回司令部，说车子为了闪避牛车撞到路树，修了很久没修好，显然无法准时报到。听说司令部的人骂他笨蛋、丢脸，说无法达成任务为什么不早点通报？说他延误军机，事后该怎么办就怎么办等等。

晚上十点多随车的打电话回营部，说老莫失踪了！说他六点多打完电话只交代他们有事情要办，要他们好好看着车、看着电台千万别再出错之后就没看到人了。我跟营部的长官报告这件事，正在打扑克牌的他们说："乘机去找女人打炮啦！"

当晚刚好我轮值安全士官，清晨三点多营部的电话忽然响起来。那种时间的电话永远不会有好事，果然没错，电话那头是南部某个宪兵队的值星官，说有一个士官长阶级的人在他们辖区被火

车撞死了，不过他们找到遗书，所以可能是自杀，姓名是……

我直觉地回答说："莫××?"

他愣了一下说："没错……你怎么知道?"

我叫醒营部长官，说士官长找到了。"他不是去打炮，他去撞火车!"

我和营部长官坐吉普车一路飞奔到现场时大约六点出头。五月底天亮得早，铁轨两旁的稻田上方笼罩的雾气还没散，但当我们跟着宪兵沿着铁轨走向陈尸的地方时，阳光已经把我们的影子拉得很长。所有人都低着头没说话，只听到脚下的碎石子清脆作响，直到鼻息之间慢慢闻到些许血腥的气味时，才听见宪兵说："就在前面。"

我抬头看到的第一眼是约莫十公尺外一只穿着黑色军用胶鞋的脚，脚踝以上不见了，只剩一些碎烂的皮肉，它的另一侧则是一只手臂，手掌不见了，扭曲得像刚拧干的衣服一般搁在铁轨旁。

所有人没再往前走，宪兵说撞他的是观光号列车，因为前一站是小站没停所以速度快，因此尸体被拉扯、散布的范围比较广；他说检察官大概九点上班后会来现场勘验，勘验完毕之后，我们就可以请人家来帮他收尸。

营部长官看看我说："你在这边看着，不要让野狗把士官长的肉叼走了!我去宪兵队办文书手续，顺便找个愿意收拾的人，弄完我们直接把他送回去。"

后来他们都走了，现场只剩下我和老莫支离破碎的尸体，以及慢慢白热起来的太阳和逐渐浓烈的尸臭。

那是一种无法形容的奇怪气味，或许是因为随着腐败的程度，味道逐渐加强或有所改变，以致你无法像书里说的“入鲍鱼之肆久闻不知其臭”，而是愈来愈浓愈来愈臭。特别是当火车经过，空气被强烈扬动直到缓缓平息的那几分钟，那味道仿佛不只进入你的鼻腔，而是从你身上的每一个毛孔钻进你的身体中。

现场果真有野狗不时出现，虎视眈眈，甚至还有无聊的路人三三两两掩着鼻子站在铁轨旁边看；于是我不得不在那两三百公尺的范围里来回走动驱赶，有几次甚至不小心就踩到或踢到一些散落在铁轨旁边草丛里的细小尸块，最后自己不得不低着头小心翼翼地注视自己的脚步。也因为这样，我几乎看遍了莫士官长碎裂的身体的每一个部分，包括认得出来的外表局部以及根本无法分辨的内脏部分。

我看到他被撕裂成一半的脸，看到他此刻已完全裸现的身体，看到苍蝇慢慢聚集在上头，我一走过便一大片嘤嘤飞起，甚至飞到我的脸上、我的嘴边。

我看到那些尸块逐渐改变颜色，清晨还可以清晰分辨出来的血或肉，随着我来来回回的脚步一次一次加深颜色，最后都成了一模一样的暗黑或深紫，只有从皮肉里穿透出来的骨骼还勉强维持可以分辨的白色。

十点了，可是检察官还没出现，我继续来回走着，好像失神一般停不下来，好几次都要听到连续的尖锐鸣笛才发现火车都已经冲到眼前来。

十一点，检察官来了，他和营部长官站在远处，才抬头看了一眼就听见他说："好啦，可以收了！"

负责捡拾尸块的是一个附近村民帮我们找来的六十多岁的沉默老人，他唯一的工具是一个用两片麻竹中间夹着石头做成的夹子；大的尸块他直接用手捡，放进原本装肥料的塑胶袋，小的才用夹子夹。

他一边挥赶苍蝇，一边要我帮他仔细看，说尽量不要漏掉任何一小块，说那是我们对亡者最基本的责任；他要我不要怕，说我们以后不管怎么死，最后也都和他一样，"再大块也都变成粉。"他还说："虽然我不认识他，但可以这样相识也是缘分。"

尸块收全之后，老人自在地用他连洗都没洗的手掏出香烟抽，然后点起香要我请士官长跟我们回去，一边帮衬似的用士官长绝对听不懂的闽南语说："怎样来就怎样回去哦……如今做神了，心内不要有怨……乖乖跟着观世音菩萨走……不要回头，不要留恋。"

然后我们两个一人提着一袋士官长走下铁轨，检察官走过来问说："都收干净了?"然后下了一个指令说："打开让我看看。"

老人看了我一眼，顺从地打开他手上的那一袋，我则打开我的。

当塑胶袋一拉开的那一刹那，我只记得里头的颜色和扑鼻而来的温度和气味，接着一如电影的反白效果，只听到检察官说："好，收起来！"之后完全没有记忆。

回到驻地已经黄昏了，吉普车先放下我，然后直接开去殡仪馆；我恍惚地从营区大门走向营房，我看到很多人慢慢走向我，远远地问说："怎么样?"

我才一靠近都还没开口，他们却反而先倒退好几步，说："你怎么这么臭!"

我进浴室把自己刷洗了好几遍，衣服从里到外全换掉，没想到走进餐厅还是有人说："你怎么臭臭的?"

晚餐的菜打上来，有鱼、红烧豆腐以及一盘炒茄子。

军队的大锅菜，茄子炒得烂烂的，暗黑带深紫，中间还有白色的葱段……我只觉得：啊，该死，士官长的尸体怎么没收干净没收完?但才一回神，我已经忍不住冲到餐厅外大吐特吐，一整天没吃东西的肚子能吐出来的好像只有胃液和胆汁。

那天夜晚我开始发烧，营舍外的卫兵几次敲我的窗子，说我一直乱喊乱讲话，"还装那种外省腔!"高烧不退持续了好几天，最后和士官长同乡的副营长受不了了，在士官长头七的夜晚，他把全营集合起来，我在床上听见他在念士官长的遗书，然后听到副营长开始边哭边飙脏话，说败军要死也轮不到他。"操他妈的你以为你是哪根葱?"

后来有人进寝室，说副营长要他们扶我去集合场；尽管身体有点虚、脚步有点浮，但我还是自己走出去。不过，才一进到集合场，副营长暴怒的吼声倒吓得我差点腿软，我看到他指着天空大骂，说："是这孩子守着你一天，不让你进了野狗的肚子，是这孩子盯着，一块不少地把你找回来，你不知足、不感恩……你有不平你他妈的来找我……你再不让这孩子平安，我明天就把你的骨灰倒进猪圈里喂猪！你看我敢不敢！……”

半夜，一身酒味的副营长走到我床头，跟我说：“我骂他了，你没事了，他这辈子就怕我一个人。”然后把一个东西塞到我枕头下，说：“这家伙也没留下什么像样的东西，我捡了一样给你，让他保佑你一辈子。”

那是一根极其普通的铁梳子，黑色随身型，不过，上头竟然认认真真刻了字，刻了兵籍号码、士官长的名字，以及购于金门阳宅和购买的年月日。

这梳子跟了我好几年。一九八四年我写了一个有关老兵娶少妻、一番曲折之后有了圆满结局的剧本，或许潜意识里希望士官长也能有这样的人生吧，所以把男主角的名字干脆取作“老莫”，不久之后，当我有一天忽然想起那把梳子的时候，就怎么都找不到了。

梳子不见了，但某些记忆却始终难忘，尤其是茄子和士官长的尸体与气味的关连。我不否认那种联想几乎成了我一种病态的强迫性反应和行为。总之，只要看到眼前出现茄子这道菜，无论什么煮法，最初的几年是直接反胃，而后几年则是自我说服，我会先跟自己说：“这是茄子，你看，它是很香、很下饭的鱼香茄子，这跟当年士官长那一袋尸块一点也没关系……”然后开始反胃。

五十几岁过后，我好像遗传了妈妈当年的毛病，嗅觉慢慢丧失;或许是这样吧,这两三年来我已经可以安心地接受茄子,虽然只剩下口感和味觉。

或者是……经历过太多亲人的死亡现场之后，我已经无感了……或是……故意遗忘?

爱

阿春小我两岁，所以是在我三年兵役的最后一年他才下到我们的单位来，不过，报到之后，也不知道是他“造型惊人”，还是在中心的时候有过多次逾假不归的纪录，营下三个连竟然没有一个连要他。

记得那天营部都已经开饭了，人事官还在大声小声地打电话协调各连“收容”，最后营长开口了，他说：“没人要就留在营部吧！可以把没人要的兵带好，那才是真本事！”

之后，我们就看到一个戴着太阳眼镜、瘦得像一根牙签，却偏偏穿着一身改得几乎完全贴身的军服的家伙走进餐厅。而更令人震惊的是他的行李，除了随身军品之外，他还带来两个大皮箱、一把吉他以及一个质感看起来相当高级的小箱子，后来我们才知道里头装着的竟然是量“手”订做的保龄球一颗。

“啥名字?”营长问他。

“Haru。”他恭敬地答。

全场愕然之下，我连忙跟营长解释，那是日文“春”的发音。

"我操你妈，你当日本兵啊?"营长开口骂，他才紧张地说出他的全名，不过随后又加了一句："报告营长，我妈不见了！对不起！"

这话一出，整个餐厅已经完全严肃不起来了，连营长都笑着骂说："你这小子不是傻子就是彻底给我装傻。"后来我们当然知道他不是傻子，也没装傻，他说的是实话，包括他说妈妈不见了也是真的。

阿春的爸爸是船员，一年到头不在家，妈妈呢，则是一天到晚不在家，不是打牌就是到处趴趴走，"善尽母职"的唯一方法就是给钱，要啥有啥；不过，当他入伍进了训练中心，妈妈却给他写了一封信，大意是阿春已经是大人了，她的义务了了，当了一辈子活寡妇之后想过自己的日子了……

等阿春休假奔回基隆，才发现房子、家具，包括他留在家里的摩托车都被妈妈卖掉了，剩下的就是他随身带来的那些家当；至于逾假的原因也和妈妈有关，因为他几乎南北亲戚都找遍了还是没人知道她到底去了哪里，以及跟谁在一起。

既然没有人要阿春，而营长偏偏又说过"把没人要的兵带好才是真本事！"所以最后他就当了营长的勤务兵。

阿春这个人嘛……说好听是勤快、机灵，说难听是很大小眼、超会逢迎拍马，反正没多久长官们是喜欢他喜欢得不得了，小兵们则当面白眼、背后讦谯；直到他和那个女孩的恋爱事件发生之后，小兵们对他才有了另一种评价，当然，我也一样。

女孩是一个 831 的小姐，据说长得非常像当时的电影明星林凤娇，所以很多人去排队买她的票；不过，“负面评价”也很多，说她“只会笑”，但在床上“没反应，就一副随便你啦！”的样子。也有人说“她会莫名其妙地哭，却还安慰我说：‘你做，你做，跟你没关系！’”

有一天，当营部的士官又七嘴八舌聊起831那女孩的种种传说时，在一旁帮营长擦皮鞋的阿春忽然插嘴了；这一说，不得了，他就像性学大师一般足足开示了我们这群自以为是的半桶水一整个晚上。

概括地说，反正就因为从小妈妈几乎成天不在家，所以三餐只好找邻居的众妈妈；也因为这样，他学会了察言观色，学会了讲好话、施小惠，也因为这样不但有饭吃，有时候还有额外的零用钱可拿。某一天，当这群寂寞的妈妈发现阿春已经“转大人”之后，阿春可以做，而且因为“吃好逗相报”之下而被要求的“小惠”就多了一桩，最后甚至成了重要的任务之一。

那天晚上阿春所讲的正是他累积了将近十年的“实战经验”，而且，大多数的经验都是那些“沙场老将”的妈妈们细心调教出来的。

话题既然是从那女孩开始，后来当然也在那女孩的身上结束，有人建议说：“既然你这么厉害，那要不要去试试那个女孩？让她像你所说的某个妈妈一样，一边颤抖一边哭，一边喃喃地叫你：‘好孩子……好孩子……’”

没想到阿春竟然还认真地说：“好啊，有空我去试试看！”

后来我们好像都忘了这件事，想不到有一天熄灯号过后，他走进我卧室,门一关,说:“我去找那个女孩了。”

因为他有外出许可,所以是下午两点多去的。他说那时候没有人排队,女孩在擦地板,就像大家描述的,她很像电影明星,笑笑的;他说也许军服改得太窄了,弯腰脱鞋子的时候屁股那边的缝线竟然噗一声整个绽开,那女孩就问说:“你是要先做,还是我先帮你把裤子缝一缝?”

阿春说看她针线手艺很熟练,随口问她说是不是学过裁缝?没想到她笑笑地点点头。阿春就问说:“那你为什么要来做这个?”她说:“会难过的事,不要问,也说不清。”

阿春说也许没事找话题吧,就老实地跟她说:“你是第一个替我缝衣服的女人。”然后不知不觉就讲起妈妈从小不管他,以及现在妈妈根本不要他的事。“讲到最后,我自己都流眼泪,没想到那女的也跟着哭,还抱着我跟我说:‘妈妈不在身边的孩子一定很可怜。’”

“然后呢?”我问,“你做了没?”

“没有。因为她也跟我说她的事,说她原本在亲戚家学裁缝,被师傅的丈夫骗了,跟他有小孩,亲戚告到家里,她被爸爸妈妈和哥哥打个半死。她生完孩子就出来赚,因为要养小孩,也想存钱以后开裁缝店,说自己反正已经是臭人了,干脆赚这种钱比较快……都这样讲了,要是你,你做得下去吗?”

我听着,没当真,其他人知道后也说根本是糊弄;没想到后来接连发生了两件事,我们才知道阿春对那女的是真的很认真。

第一件是他竟然在纪念日偷溜去831，被宪兵抓到，关禁闭不打紧，还被营长赶出营部，下放到连上的公差班去打杂。我问他为什么纪念日还敢往外跑？他说纪念日女孩休息，这样他们才可以讲话讲很久、讲很多。几个月后，发生的第二件事是瘦巴巴的他竟然和一个壮硕的班长打了一架，听说要不是被拉开的话，他差点就拿刺刀捅人家。

我带了泡面去禁闭室看他，问他为什么要打架？他说班长竟然当着所有人的面前跟他说："我刚刚去干了你的女朋友！"

原先我们一直以为他会被送军法，没想到有长官出面说："算了吧，一个人可以为一个所爱的人连不会赢的架都敢打，可见是我们教育成功了，不是吗？"

军中三年，这是我听过所有长官们讲过的最动人、最有学问的一句话。

阿春从禁闭室出来之后不久，有一天跑来跟我借钱，说要送那女孩回基隆找工作，说他姑妈愿意帮忙照顾她和她的孩子。我借了。没多久，他又一身汗冲进来，说那女孩在大门口，要跟我说谢谢。我去了，老实说有一大部分原因是好奇。

她如街头所见的青春女子，笑意盎然，一脸自信，而且真的很像林凤娇。

她跟我说："谢谢你……阿春跟你借的钱，我一定会要他记得还。"

那钱阿春不久之后就还了，还非要请我到营区外的小吃店吃碗大卤面不可，说是那女孩交代的，“她说希望你不嫌弃，就把这碗面当她的谢意，或者……如果不嫌弃，就当作我应该给你的利息。”阿春说。

这两个人后来怎样我不知道，但我宁愿相信，他们应该会是好父母，因为他们的爸妈欠他们的那部分，他们一定会加倍还给自己的孩子。

他不重，他是我兄弟

这首歌当年常在司令部的坑道里流泻。

那时部队驻防金门，两年期间义务役的兵没有任何回台湾休假的权利和机会；所以举凡想家的时候、女朋友没有来信的时候，总有人会把那卷录音带塞进整个坑道唯一的一部录音机里，让它一遍又一遍重复地呐喊着："...he ain't heavy, he's my brother!"

其实，可以和所有人心境共鸣的并不是歌词的涵义，而是它那近乎控诉、宣泄种种郁闷般的旋律和唱腔。

思念，的确是另一种形式的忧郁或焦虑。

有一天，当我们一群行政士在支付处等着领钱的时候，阿哲忽然说："……好想打自己一枪，然后被送回台湾，只要有机会可以跟我女朋友见见面，抱一抱，要怎样我都甘愿！"

阿哲是大专兵，工兵营的行政士。听说分发来的时候营长嫌他太白净、瘦弱，说他的手"根本是摸奶的手，哪像工兵的手？"，所以被留在营部管行政。

阿哲的女朋友毕业不久就先出去了，两人的联系就靠久久才一封的航空邮简。也许信是寄自海外，所以几乎每一封都会被政战单位拆阅，因此在自我约束、克制之下，那种云淡风清的内容根本无法稀释重度的思念，或者消解情欲的饥渴吧？

那年冬天，工兵营正赶工开挖一个坑道，二十四小时三班制马不停蹄。一个休假日的下午，我们营长和师部监察官在外头的饮食店小聚；这种吃吃喝喝的场合，营长常会要我顺便去打牙祭，其实要我带行政费去付账才是真正的目的。

那天高粱酒都还没喝到平时的量，宪兵忽然出现在门外，跟监察官报告说施工的坑道出事，包括预官和士兵十二个人被错误引爆的炸药炸碎在里头。当我们赶到时，第一批尸块正好运出坑道。现场分明人马奔窜，但却一遍死寂，耳边只听到木麻黄在冷风里颤抖的声音。

满脸通红的监察官冲到覆盖着白布的水泥搅拌桶前，没有任何预备动作地将白布一把掀开，刹那间所有人几乎同时呆住，一如影像的停格。桶子里装的是满满的碎裂的人体；有可分辨的手掌、穿着鞋子的腿、混着脑浆和血块的头盖，也有不可分辨的夹在破烂军服中的肠子、内脏……

监察官忽然立正举手敬礼，用尽所有力气一般地大喊："弟兄们，对不起，监察官没有好好照顾你们，对不起！"

然后，我听到一声令人心碎的哀鸣打破现场的寂静，本能地转头看去，是阿哲。

他和一整排拿着工具准备救援的工兵营士兵列队站在稍远

处，他掩住嘴巴整个人跪倒在地，然后，我看到一身汗水、泥巴和血迹的年轻连长，没有目标地在队伍里跑来跑去，一边大骂："谁哭？我操你妈，谁在哭？弟兄们平安了，你哭你妈个屄？你哭你妈个屄？"

最后……我听到一百多个男人慢慢地、此起彼落地从忍不住的饮泣到大哭到沙哑地干号，而连长依旧持续骂着、推打着那些士兵。

事后的某一天，阿哲忽然出现在坑道里。

他服装笔挺、两眼发亮，脸上有我从未见过的兴奋神情。

他在我耳边低声地说："我可以回台湾了，至少可以用国际电话跟我女朋友好好讲讲话了……营长说我长得比较像样，也比较会讲话，要我送那些人的骨灰回去。十二个人分头送……半个月公假，如果船期配合不上，说不定我可以在台湾混个个把月……"

那时不知道是谁又把那卷录音带塞进录音机里。

阿哲静静地听着，好久之后忽然自言自语地说："真的不重。十二条人命加起来好像都没有我要带回去的高粱酒和贡糖重……"

人狗之间

想起来那时候的台北其实还是乡下。新生南路还没加盖，有流水、有杨柳摇曳。仁爱路慢车道的两侧还有四五尺宽的明沟，每天清晨都有人用长长的网子悠闲地捞着里头长成一团一团的孑孓，听说要卖给人家当热带鱼的饲料。

那时候我在仁爱路一家私人诊所当小弟，遛狗是我每天的第一件工作，十五岁、一百五十公分不到的我，遛的是一只五岁左右正当年轻力壮的德国笃宾。

认识阿哲就因为遛狗。

那时候的台北，许多日式建筑开始改建为五层楼的公寓，所以清晨的街道经常出现清运废土的牛车；我始终搞不懂笃宾狗为什么对牛怀抱那么强烈的攻击欲，只要看到就非扑过去拼个你死我活不可。

有一天我带着它穿越小巷正要跑出新生南路时，刹那间狗忽然停住脚步，我抬头一看，完了！沿着新生南路正停一整排牛车，而在我挤出力气扎稳脚步拉紧狗链之前，它已经发出低沉的吼声，随即冲了过去。我只记得整个人被它拖着撞向廊柱，头上手上一阵刺痛之后，眼前一黑便不省人事。

醒来时发现我坐在地上，一只德国大狼犬正舔着我额头的伤口，笃宾狗则趴在地上大声地喘气，舌头早已吐到超过老板交代的显示运动量足够的长度。

“不要怕，让它舔一舔比较容易清炎、消肿。”我抬头看到的是一个高大、黝黑的身影，和我一样穿着卡其裤以及学号已经拆掉的蓝色夹克，他用奇怪的腔调跟我说：“你这只狗很烂，都没训练！刚刚差点被人家打死，我来帮你训练啦！”

训练课程从第二天开始，而我和阿哲的交情当然也是。

阿哲是屏东人，和我一样初中毕业就到台北工作，是面包店的助手，每天第一件工作是做面包等出炉，遛狗是第二件。

他长得好看，脸部的轮廓很深，眼睛大而明亮，他说：“我有你们说的‘番仔’血统啦！”之后见面就成了惯例，每天六点多我带狗到仁爱路三段中间的草地和他相会，他先训练那只笃宾狗一些基本动作，然后同时拉着两只狗来来回回地狂奔，一直跑到笃宾狗的舌头吐到“合格”的长度之后才交给我，然后一起回面包店。

面包店不大，成员只有老板、老板娘和他三个人。我们回去的时候，老板通常上楼补眠，老板娘一个人看店。长相有点哀怨的她，一看到我们进来，总习惯先拿一瓶牛奶给阿哲，温柔地看着他喝完，通常也会塞两个面包给我当早餐。要是发现老板在的话，阿哲通常会跟我使个眼色，说声：“明天见。”完全没让我进去的意思。

那年十月好像要阅兵，有一天我们贪看正在街道练习踢正步的部队，几乎忘了遛狗，当我们发现时间差不多了，转身要走时，发现……完了！我的笃宾狗不知道什么时候已经骑在狼犬的身上，而且仿佛正在最后的高潮。

阿哲的脸色有点变，说：“完蛋！我老板知道一定会疯掉！它是很贵的纯种狗，准备让它生小狗赚钱的ㄟ[1]！”讲完之后却又像安慰我一般说：“没事啦，就是干了也不一定会怀孕。”

阿哲没说准。有一天半夜他来找我，一脸伤痕、提着行李，说要借住一晚。他说狗怀孕了，老板打了他一顿叫他滚。阿哲说他没提到我，要我放心。

睡前他跟我说：“台北人真奇怪，狗比人重要！”

“怎么说？”我问。

“老板娘没事就叫我跟她打炮，从来也没嫌过我的种不纯。”阿哲静静地说。

① 台湾地区目前尚在使用的汉字注音符号，指“ei”。

兄弟

他长得挺像大一号的许不了。

其实不仅长相，连讲话的“气口”[1]和方式都像，让人无法想象这么一个诙谐的人，到底干了哪些不堪闻问的事，否则怎么四十多岁之前有一半的岁月都在监狱度过？

一旦问起他的过往，他又故意闪躲，然后一本正经地跟你说：“……如果不是你问起的话，我也不想讲啦，其实，那些年，我一直替台湾外岛的交通建设流血流汗呢！不相信哦？我跟你说，绿岛环岛公路有我一份，而且大概表现太好了，所以后来兰屿环岛公路开工竟然又找我去兜脚手[2]。”

原来他说的是他人生头两次的流氓管训。

“没想到几年之后他们竟然没有忘记我，有一天跑来请我去绿岛考察，我说不用啦，年纪都这么大了……他们说没关系啦，我们会帮你找伴一起走啦！没想到，还真的，一下子找来一两千人跟我

---

① 闽南语，“口气”之意。

② 闽南语，“帮忙”之意。

一起走，报纸还连续刊了几个月，风神到连我自己都觉得不好意思。”

他说的是他第三次管训，一清专案，上千人在“扫黑”的名义下被抓，大多数未经审判，所以当然不知道刑期有多长，分别关在绿岛、泰源和岩湾。

绿岛关的很多是知名人士，“指挥官人很客气啦，第一天训话的时候竟然称呼我们说：‘各位老大！’然后才很谦卑地说：‘不好意思，现在暂时换我当老大！’”然后一本正经地跟我说，其实这个指挥官还不错，“他怕我们这群‘老大’重出社会之后没有一技之长，还特地开设了几个职业训练班，像汽车修护班，还有西服制作班之类的呢！”他说他没参加汽车修护班，因为那些训练用的车子，台湾的街道上早就找不到了，“啊学会以后，我以后去哪里赚吃？去非洲啊？”所以最后他选了西服制作班。

“因为里头有好大支的电熨斗，我发现只要把四支电熨斗翻过来，上面放个锅子，要煮些点心、炖些补药好方便。”他说，“后来我们干脆找来一个人专门负责煮，这个人后来很有名哦！叫郑太吉。”

关了一两年之后，所有人开始毛躁起来，常常问指挥官说：“到底要关到什么时候你们才满意啊？”指挥官的答案永远是：“我哪知道？你去问我上面的人啊！”

有一天他火了，就跟指挥官说：“你是妓女哦？不然你上面怎么永远都有人！”

结果呢？结果……他一脸哀怨地说：“大概觉得我很幽默吧，他赏我一间单独的套房(独居房)住了两个礼拜。”

他对我所有好奇的问题几乎有问必答，唯独年轻时代到底干了些什么事永远不说，即便是在之后断断续续的交往中有意无意地触及，他也都机敏地闪避。

有一天他替他儿子打电话给我，约我去中部某大学的社团演讲，因为他儿子是社团的会长。他语气有点得意地说：“我常常怀疑这个儿子是不是我生的，我从来没有读书给他看，奇怪咧，啊！他从小就爱读书。”然后非常正经而温和地跟我说：“因为做人家的爸爸啦，所以，可以让他知道的事，我都当笑话讲，不过有些事实在不好笑，所以不想让他知道……所以也不想跟你说，这你了解啦哦?”

“了解啦!”我说，“我也是人家的爸爸啊!”

“这样我就安心啦!”他说，“当了半辈子兄弟，老实跟你讲，现在……我只想和我儿子当兄弟。”

跑片

阿光和阿华是同乡，苗栗通霄人，是邻居，一起长大，连小学也同班。

阿华小学毕业后就到台北，在中华路、西藏路附近一家摩托车店学手艺，我们认识的时候，他已经是准师傅了，不想和学徒们挤在又窄又闷的阁楼睡，所以出来租了雅房，恰巧和我当邻居。

阿光则是那时候才到台北，是他父亲要他来的，说希望阿华帮他找个像样的工作。阿华说或许是阿光的父亲看到他年节返乡的时候都穿得趴哩趴哩，还一千两千拿给爸妈花，于是觉得年轻人都要到台北才有前途，说不然的话，阿光以后根本没有半个女孩愿意嫁给他。

问阿华，阿光毕业后都在老家干什么?阿华说好像是在阵头当二手，出阵的时候扛大鼓，或者随便拿支乐器混在西乐队里凑人数。也不知道是憨厚还是脑袋原本就比常人钝，阿光的反应老是慢半拍，阿华一旦受不了，习惯的动作就是巴他的脑袋，阿光每次都会说：“我会笨，都是被你打笨的啦！从小打到现在！”

不过，阿华对他还真够意思，阿光半年多没找到事，吃、住、零用都是阿华担起来，仿佛理所当然要负责一般，半句闲话都没有。但是唯独一件事不论阿光怎么求，阿华就是不理会，那就是公休日和一堆有车阶级出去泡马子的活动，他的理由其实挺真诚的：“我的车子没你的位子，带你去更没面子。”

记得有一次阿光一直吵着要跟，想看女孩子，阿华说：“你去打手枪啦你！”然后竟然过来敲我的门，丢一本破破烂烂的黄色小说要我隔着甘蔗板念给阿光听，说让他自己爽一下。

直到那天我才知道，虽然小学有念完，可是阿光看得懂的字却不及幼稚园的程度，而且那次的“读书经验”也让我挫折到死！记得我挺认真地、加油添醋地念到自己都已经快挡不住了，隔壁阿光竟然全无反应，叫了几声之后，才听见他睡意蒙眬地说：“啊……刺激的地方快到了没？”

后来阿华终于帮阿光找到工作。有个车友的邻居是片商，透过他拉线，阿光当了跑片小弟。

所谓“跑片”，就是一部电影如果有两三家戏院同时演，片商会把第一家之后的放映时间往后延，等第一家放完第一卷之后，马上把影片往第二家送；跑片小弟就是骑着脚踏车运送影片的人。这工作，阿光还算胜任，会骑脚踏车、西门町联线的戏院记得住，可以避开人潮抢时间的巷道带他走几次，让他熟悉也就 OK 了。

记得第一个月领到薪水那天，阿光竟然拿着薪水袋一直笑，说以前拿到钱套子都是红色的，这一次不一样，是土色的，上面还直接写数字，连猜都不用猜，“而且真的照这个数字给，一块钱都没骗我。”

阿华的反应依旧是巴他脑袋，不过加了一句话，说：“赶快寄一点回家给你阿爸，让他高兴一下！懂不懂啦，阿傻！”然后硬要他请我们去美观园吃快餐，另外叫了一大杯生啤酒三个人分。不过最后拿账单去付的依然是阿华。

没想到三个月后，出事了。

记得是一个周末晚上的八点多，忽然有几个长得绝非善类的人杀进我们的雅房，说阿光连人带车还有一整卷影片跷头失踪了。片商落来的人说阿华是阿光的保证人，如果片子没有找回来，所有损失要他负责，至于当天晚上如果观众因此退票，退一张，阿华就得赔一张。

恶煞当前，阿华当然不敢逞强，不过，他希望知道阿光为什么会落跑。

他们说，傍晚的时候，片商老婆要进厕所，门没锁，一推开，竟然看到阿光拿着一张爱云芬芝主演的电影海报在打手枪，老板娘的尖叫声听说连隔壁都以为发生凶杀案；老板问清事情的始末之后，狠狠地巴了阿光的头，说：“等电影散场后，送你去警察局，让警察送你进监狱！”

然后，阿光从第一家戏院拿走第三卷影片之后就消失不见了。

我陪阿华和那些人去办公室见片商；片商一直在打电话，好像在问戏院退票的数字。电话讲完之后，老板回头看看我们，跟阿华说:“算你运气好，省掉一大条，戏院说竟然没有观众退票，okasii[1]呢!不过你最好去把那卷影片给我找回来,找不回来的话,这个档期的损失我全部找你要。”

那天晚上我和阿华几乎找遍整个西门町的小巷，还像找小狗一样,阿光阿光不停地叫。阿华说他一定躲在哪里不敢出来,因为阿光什么都不怕,就怕人家叫警察。他说以前他们那边有一个警察很烂,看到人家种的、养的只要喜欢就拿;有一年春节前趁阿华家里的人都在外头忙,竟然把家里养着等过年的鸡挑大的抓,而且还一次抓了两只,家人知道后好像什么也不敢讲。

阿华说他很气，于是大年初二的晚上，就约了阿光跑到警察家,把一堆鞭炮绑在一起,等有人进浴室的时候,把鞭炮点着了,从木板窗子的缝缝里扔进去，结果里头传来的是警察的老婆发疯一般的惨叫声。

阿华说那警察很奇怪,没先去看老婆,反而直接跑出来追人,阿光跑得慢，被逮个正着。那天晚上在警察的家里到底发生什么事,阿华说阿光隔了好久好久之后才敢说。他说警察很变态,竟然叫阿光当着他太太还有两个小孩的面把裤子脱到膝盖，再把鞭炮用橡皮筋束在阿光的鸡鸡上,然后一边喝着酒,一边拿着香烟不时伸向鞭炮的引信,说:“你想炸我老婆的屄,我就炸你这小屄央的鸡鸡!”

就这样折腾到他过瘾了，阿光整件裤子都尿湿了才把他推出

---

① 日语,“奇怪”之意。

门外。

“我真怕阿光以为只要他让女人尖叫，就要被警察抓去点鞭炮。”阿华讲完这段故事时，我们正好经过阿光跑片的戏院，他看了一下看板说：“外国片！干！我就知道，一定是那种没人看得懂的，所以才没有人退票。”他说：“读书人都嘛这样，外国片看不懂都不敢说，就连少放一卷也要自己骗自己，装懂！”

直到现在我都还记得那部电影的名字——*CATCH 22*，中文片名翻作《二十二支队》，多年之后才知道，就连那中文片名根本也是瞎糊弄。

两天过了，阿光还是没回来，阿华竟然骑着摩托车，杀回去通霄找。隔天带着那卷影片回台北，一脸倦容。他说阿光不敢再来了，说那小子当天竟然就连夜踩着脚踏车从台北踩回通霄，但是连家也不敢回，几天来就在海边的碉堡里头睡。

阿华描述见到阿光时的场面其实更像电影。他说阿光领着一群孩子在海边，把影片拉得长长的，一边跑一边对着阳光和那群孩子一起看，阿华说：“在蓝天碧海为背景的沙滩上，我听到孩子们一直兴奋地叫着，你看到什么？我看到飞机……我看到里面有飞机……”

讲完之后，阿华就一直沉默着。

片商拿回影片后也没要阿华再赔什么，因为即便少了一卷影片的那几天，电影继续演，观众继续看，既然没有人抱怨，当然就没有人会退票。

告别式

阿义和他似乎在开学第一天就已经交上朋友了。

第一堂课的自我介绍，他才一开口全班就已经笑成一团，因为他的国语带着很重的南部腔，听起来很像餐厅秀里头的猪哥亮。

没想到他好像也没生气，看了大家一眼之后说："我是很认真地想跟大家认识，但如果我的国语让大家觉得是这么好笑的话，我道歉，在这么严肃的场合，请容许我改用闽南话讲。"

然后他就用流利而且有点古味的闽南话介绍他自己，不过语气里有掩盖不住的愤怒和挑衅。他说其实他不想来北部考高中，因为家里是种田的，土味重，都市没泥巴，怕水土不服；不过，初中校长想拼业绩，说如果他考上北部第一志愿高中的话，三年学费要帮他出，所以他才勉强来考考看。

他说原本以为这个学校既然这么难考上的话，进得来的学生必定都很优秀，没想到连自己竟然都考得上，所以觉得"咱大家都差不多而已，不必龟笑鳖无尾，以后就共同学习，共同漏气求进步”。

讲完之后全班安静，不过，肯定不是震惊，而是大部分的人根本听不懂，少数听懂的也不能体会那些显然超龄的语意，直到阿义笑出来并且率先鼓掌之后，全班才有点礼貌性地跟随。

他寄住在板桥亲戚家，亲戚做的是承包办公大楼清洁的生意，假日或寒暑假他也都跟着帮忙。奇怪的是，每次出去工作他总是穿学校制服；混熟了之后，有一天阿义问他为什么不跟其他人一样穿工作服？没想到他的回答竟然是：“那人家不就把我当成跟他们是同款的人？”

阿义的妈妈很疼他，因为是同乡。阿义的妈妈常邀他到家里“吃好料、补一下”，两个人在厨房讲乡下的过去和现在，讲学校的老师谁还在不在等等；妈妈常说阿义初中之后跟她讲的话还没他多。

两人后来更热络，因为一起编校刊。不过，后来校刊出了大麻烦，因为他访问了几个当年称为“党外”的校友，学校有意见，报纸上还闹了好几天。

阿义常想或许就因为这个因缘吧，他从此和“政治”沾上边；大学时期他花在已经选上公职的那几个“党外”校友的办公室里的时间好像比在教室多。

阿义和他大学同校不同系，阿义念企管，他念的是历史。

考上大学的时候，阿义的母亲包了一个十万块的红包给他，笑着说是“同乡会”给他的奖助学金。阿义记得他红着眼眶跟妈妈说：

“我一世人会记得你和阿义这份情!”

阿义的爸爸对他始终没那么热情，有一次还有意无意地跟阿义说:“这种朋友要小心,嘴唇薄的人,比较无情。”记得妈妈还骂他迷信。

毕业后,阿义跟着爸爸从商盖房子卖,而他果真走上政治之路。

第一次参选的时候,阿义赞助了他一大笔钱,总部成立那天他早早到,当看到竞选文宣上他把“校刊事件”也当作过去抗争的资历时,阿义才蓦然想起青春年少时曾经发生过的那件事。

板桥那些亲戚看到阿义全都热络地迎过来,端茶、递烟、递槟榔;当阿义看着那一张一张黝黑、热情的脸的刹那间,不知道为什么也想起当年他说“那人家不就把我当成跟他们是同款的人?”的时候,那种有点不屑的表情。

后来阿义常跟朋友说,那一天他第一次了解什么叫做“选择性记忆”——他记得的,阿义早已遗忘;而他或许已经遗忘的部分,阿义却如此深刻地记得。

那次他当选了,报上说他是少数形象清新的当选人。

阿义还记得在另一次的选举活动中，当某个政党的某个候选人在台上以激情的语言述说“民主运动”过程的挫折和所遭受的迫害时,底下听众回应的是同样激情的呼喊和掌声;当有人发现阿义并没有类似的热情时，竟然毫不避讳地高声喊道:“没鼓掌的他家死人。”

没想到那声激动的咒骂最后竟然成真。

八〇年代初期刚好也是房地产的谷底，阿义父亲的公司之前在郊区所盖的一大批社区型的房子完全滞销不打紧，连当初大量买进的山坡地也因为规定改变，有很大的一部分被禁止开发，而剩下的部分如果要符合新的规定规范开发的话，则要增加可观的时间和成本，资金方面银行又遇雨收伞，于是公司当下进退两难。阿义的父亲在心力交瘁之下，有一天竟然就在赶赴银行谈判的路程中猝死在计程车上。

当天夜里，已经一两年没有联络的他竟然出现在阿义家仓促设立起来的灵堂前。阿义只记得他一进门就跪了下来，然后趴在地上一路号啕地爬进来，嘴里有一句没一句地呼喊着什么“大恩来不及回报……怎能就这样走了！”之类的话，夸张的动作和声音把在灵堂前帮忙的邻居都给吓傻了。

当阿义的母亲扶起他之后，他紧紧地抱着她，喃喃地说：“阿母，对不起，我来晚了，对不起！阿母！”

忙碌了一整天的阿义直到那一刹那才发现怎么这整个过程都有镁光灯断续闪烁着，而当镁光灯不再亮起的时候，他随即放开阿义的母亲，走到阿义的面前说：“事情怎么会这样？”

阿义虽然看到他满脸通红，闻到他一身酒味，但还是把这几年来家里的状况、生意上的压力等说了个梗概，他身边一个类似助理的年轻人倒是挺认真地记录着。最后他跟阿义说告别式那天他会来，“我们主席，还有重要的党工等要人我也会请他们来，你的场面，我不能让你漏气！”他说。

第二天一大早，阿义家里来了一大群帮忙打杂的邻居，阿义听见他们都在赞美“那个年轻的议员真有心”，说昨天半夜有人按电铃，开门一看竟然就是那个经常出现在电视上的议员来问路，跟他们说阿义的父亲过去对他有恩，知道他老人家过世了，不管多晚也要赶来探视、上香；而且，听起来他好像不只按了一家的门铃，而是连续问了五六户之后才找到阿义的家。

阿义的母亲狐疑地看着阿义，喃喃地说：“他才几岁记性就这么坏?没几年前来厝里就像在走灶脚咧，怎么现在就要问路?”

阿义原本想说：“他在扮戏啦！”但最后还是没说出口。阿义更不想跟母亲说当天的报纸上有她的照片，就在他父亲猝死的报导旁边，她被一脸哀戚的议员抱着，标题是：缅怀昔日恩情，×××午夜泪洒灵堂！

告别式那天他来了，阿义当然记得，因为在公祭的过程中，阿义瞥见灵堂外头的他站在一堆政治人物的中间，面对一排摄影机激动地说：“……因为他的栽培，才有今天的我……我唯一的报答，就是把悲伤化为为‘民主’持续奋斗的力量！”

很多人都知道阿义和他之间曾经有过的友谊，不过，每当人家问起阿义对这个政治明星的看法时，阿义总习惯这么说：“不错，他……演技不错！”

第四辑

一封情书的重量

邂逅

小学毕业那年,父亲问他长大以后想做什么?

或许从小他就喜欢画画，而且那也是他少数被老师称赞过的功课,于是就说:画画。

于是毕业典礼后的第三天,他就跟其他同学一样,被带到台北当学徒,他去的地方是一家小小的广告社。

四年后,当广告社从松山搬到西门町附近的贵阳街时,他已经快出师了，那时候连电影院的经理都常常说他画的看板比他老板画得还要好。

贵阳街的店面是租来的,四层楼的老房子,楼板很高,所以老板用角铁弄了一个夹层,挂上一个可以爬上爬下的楼梯,就成了他和其他三个小学徒睡觉的地方。

房东是一个五六十岁的太太,住顶楼,二三楼同样租出去,分别是打字行和一家贸易公司。老板说房东年轻的时候当过酒家女,后来跟上一个有钱的老板,而这栋楼就是那个老板买给她的,酒家女没做之后她就靠这栋楼的租金过活。

房东通常只有月初收租的时候才会出现，不过，他不喜欢她来，因为她很吵，收到钱也不马上走，老是一边看他画看板一边问他一些有的没的，比如“这个明星漂亮还是‘阿姊’漂亮?”“她的奶跟我比谁的比较大?”之类的。

有一回他正在画一个穿比基尼的外国明星时，她看着看着竟然还出手用力抓着他的裤裆说：“阿姊检查一下，看你有没有硬起来?”

那一天并不是收租的日子，她却意外地跑进店里来，拉着老板耳语了一阵，也不管老板面有难色，就转身跟他说：“我帮你找了好多跟你同样幼的查某囝仔给你挑哦，喜欢哪一个跟阿姊讲，阿姊替你作媒人!”

没多久，一个跟房东差不多年纪的女人和一个叼着烟的中年人，就领了七八个女孩走进店里来。女孩们低着头面无表情地在那中年人的指示下爬进他们睡觉的夹层，之后房东还要那个中年人把楼梯移开，藏到后头的卫生间去。

后来房东和那女人就走了，只留下那个中年人坐在店门口，抖着腿、抽着烟，偶尔也会无聊似的走了进来，看他们画画。他记得那整个下午店里出奇地安静，只有工作桌旁边的收音机流行歌唱个不停。

直到傍晚那女人回来把女孩们带走之后，老板才跟他们说那些女孩是华西街那边的，因为有消息说警察下午要临检，而她们都未成年，没牌照，所以老鸨才带她们来这里躲。老板还说：“幸好你们不是女孩子，不然说不定就跟她们一样。小小年纪就被爸妈抓出来卖！看到没？其中有一个学生制服还穿在身上呢！”

他当然记得那一个，离开的时候走在最后头，用手帕掩着嘴，眼睛红红的，好像刚哭过。当他爬上夹层的时候，发现那些女孩把原本乱七八糟的铺位都收拾得好整齐，胡塞乱扔的衣服也都折得方方正正地摆在角落里，而且整个夹层有着他从没闻过的一种好闻的气味，那气味让他那一整晚莫名其妙地难以入睡。

后来似乎成了惯例，每隔一段时间那群女孩就会被带过来一次，而他总会偷偷地寻找那个穿学生制服的女孩的脸孔。其实那女孩很好认，她的睫毛出奇地长，皮肤很白，所以脖子上挂着的一圈红丝线特别显眼。

他看着她的衣服在变，发型在变，从制服变成低胸的上衣和迷你裙，从直发变成烫发，有一天甚至发现她连身材都好像有点不一样。老板似乎也注意到了，因为那天晚上吃饭的时候他说：“那个穿制服的女孩……好像被带去打过针！”

也就那一天，当他爬上夹层的时候，发现有人用他矮桌上的笔和信纸写了一大堆字，或许是无聊吧，重复写着的是一首歌的歌词：“……请你不要哭，请你不要哭，我也和你一样孤独；寂寞伴我到日暮，快乐隔断在迢遥路……”

那年夏天的一个燠热的午后，她们又被带来了。经过他身边的时候，那女孩忽然停下脚步说：“你可不可以把收音机的声音开大一点？这样我们在上面也可以听得见。”想起来那也不过是二十秒不到的面对面吧，而且还逆光，但多年之后他都还记得她长长的睫毛、鼻头上的汗珠和耳朵边缘那轮细细的汗毛。

“好不好?”她问。

“好啊。”他说，“上次……你有在上面写字哦?”

她只笑了一下，就转身爬上夹层。他有点失神地看着她慢慢踩上楼梯，身影慢慢消失在通往夹层的方洞里，一直到外头闪电雷声大起，他才顿时回过神来。

那天他不但把收音机的声音刻意调大，当西北雨开始下起来的时候，他还去把音量的转钮又多转了半圈，然后他听见头顶木板的缝隙中传来那女孩的声音说：“谢谢你。”

后来雨势稍歇，当收音机播出一首哀伤的歌曲时，他听见夹层上的女孩们轻声地跟着哼唱起来：“……破晓的时刻，像雾般的美彩，可爱的鸟语，唤醒睡中大地……”

忽然他的眼泪开始流个不停，他知道那不是因为歌词内容的关系，而是音乐、情境以及连自己都说不清楚的某种心情。

后来那女孩就没来了，他不敢问那个带队的中年人，更不敢问房东她到底去了哪里。只是从此以后在每一个电影的看板上，除了必要的角色之外，他都会多画一个与剧情无关的女孩，那女孩有着一张他无法忘记的脸孔。

两年多之后他入伍当兵，有一天打靶的时候轮到他担任报靶的任务。当过兵的应该都知道，报靶其实是另一种形式的摸鱼，一堆人躲在靶沟，等一阵枪声过后降下靶纸数弹孔报数，此外屁事也没有，而最大的乐趣无非就是等待骑着脚踏车载着饮料、点心、零食过来兜售的“小蜜蜂”莅临，只要她们一到，大伙儿便开始买东买西、吃吃喝喝顺便打打嘴炮。

而她才刚从靶沟头冒出来的时候，他就已经认出那张脸了，但她对他似乎毫无反应。除了皮肤黑了一点、稍稍有肉一点之外，她好像没什么改变，依然是他记忆里的那张脸。

“你怎么一直看我？这样我会不好意思呢！”当其他人都慢慢散开之后，她低着头说，“你不要这样看，我不喜欢人家这样看我……”

不知道为什么他忽然忍不住想流泪，而且，不知道该跟她说什么。

“你在我房间的桌子上写过歌词……”他听见自己这么说，“如果没记错……我还听过你跟人家一起唱过一首歌，叫作《碧城故事》，那时候我在贵阳街画看板。”

她终于抬起头看着他，隔了好一会儿才说：“我记得你，但是……不记得你的脸，因为好像从来都没有清楚看过你……不过我一直记得有一次，那天打雷下大雨，你帮我们把收音机开得好大声，心里好感激……”

然后他看到她笑了，但泪水盈盈。

她说：“其实……我们在上面常常透过木板的缝缝看你画画，觉得你好厉害，这里画一下，那里画一下，最后就是一个人、一个风景……我们常常看到忘了挤、忘了热、忘了难过……不过都看不见你的脸,因为看到的都只是你的头顶……”

“你现在好吗?”

“比那时候好……现在只跟一个人睡觉就好。”她擦了一下眼睛，笑笑地说,“我跟人家结婚了……我丈夫是你们部队里的士官长。”

最后她说:“以后碰到我要先跟我打招呼哦……不要只是一直看我,我会害怕也会觉得……很丢脸。”

三十多年后的现在,他仍期待着可以和她再次邂逅。

他说:“至少……让我知道她的名字到底叫什么,还有,知道她后来的人生一定很美满。”

长梦

那张脸孔和笑容依然如此熟悉，岁月好像没有在他脸上留下多少痕迹。他的生日就算不写上，直到现在她也还记得清清楚楚，何况是那么特别的日子：四月一日，要遗忘也难。

"……甜美而缠绵的言语和神情或许更容易打动你的心，但，请原谅一个在这样的日子里出生的呆子，他只会用最简单而且愚昧的书写方式来呈现心里已然无法压抑的悸动和持续的、无声的呐喊，但却又无能想出更婉转、更合适的语词，因此只好写下这单调而贫乏的三个字——我爱你。"

这是他写给她的一百多封情书的第一封。

几十年后的现在当然看得出当时他是那么聪明地装笨，但接到信的那个当下，光最后那三个字已让她毫无防备地泪流不止，一如此刻。

此刻摆在她面前的是他的讣闻，以及那一百多封收藏多年，有些甚至已经可以倒背如流的情书。

他大她两岁，今年不过才五十初度，然而却就这样永远离开了，永远不会知道她有多少次曾经想象着，某一天可以和他在异国黄昏的街头重逢时的浪漫……夕阳下惊喜的对视、长久而无声的拥抱，之后是微醺下彻夜平静而且毫无掩饰的长谈，有欢笑也有泪水，直到黎明。

她要跟他说长久以来的思念和遗憾，而最后，他或许也会跟她说：你也许不相信，但这辈子……除了你，我不曾爱过别人！

她常用这样的想象下酒，让自己在寂寞且自觉已然苍老、爱情不再的夜里，还有一点生命的余温可以挡寒入梦。

为什么是异国重逢？有时候连她都会对自己所“设计”出来的想象觉得苍凉……因为几十年来他由知名作家转变成一个经常出现在媒体上的政府官员，在已然是“全民皆狗仔”的台湾，除了外面好像没有可以满足她的想象的所在，而世界各地来去奔波却正是她生活的一部分。

只是这样的生涯转变，却都不是爱情萌芽的阶段两个人想象得到的事。

第一次彼此认识的时候他大三，是大学文学社的社长，而她是商学院的新鲜人；注册那天她从他的手上接过一份好像是特别为商学院新生所设计的社员招募传单，因为上头的文案写着：或许你不知道，邱永汉不仅是一个成功的企业家，他也是得过直木奖的作家！

她问：“什么是直木奖？”他说：“来参加文学社你就会知道！”

两人熟识之后讲起那天的情形，她曾经跟他招认，其实会加入文学社根本不是为了知道直木奖是什么，而是“你的笑容像孩子，而且你有一双好看的手，那双手给人的感觉就像一个作家”。

后来才知道自己的直觉挺准的，因为那时候他已经是一个颇有知名度的大学生作家。在偶像明星还不像现在这么泛滥的年代里，文学社有许多女生其实是冲着他的名气而加入的，她甚至还可以明显地感觉到她们暗地里彼此勾心斗角“争宠”的氛围。

而这也是她意外地接到他示爱的情书时那么惊喜、激动而泪流不止的主要原因——怎么是我?竟然是我!

一星期至少一封的情书在第三十几封之后频率略减，因为他说：“我喜欢直接把爱写在你的唇上、耳边、发梢以及你细致而敏感的身体上……”

毕业后他在澎湖服役，那是情书频率最高的时光，每一封几乎都流露着炽热的爱意和深浓的思念，而这样的思念都得经过漫长的等待之后，在他返台的假期里才得到补偿。

而从她毕业那年的夏天开始，只要他一声召唤，她二话不说，飞机票一买就去，即便只是部队晚餐后到晚点名前那几个小时激情的相处，她也觉得满足。至今她都还记得他连澡都没洗便猴急地扑过来时，身上浓烈的体味以及在唇齿之间流窜的汗水的咸涩。

而就在他退伍前夕，她接到英国一间她向往已久的大学入学许可；当她迫不及待地飞到澎湖告诉他这个让她雀跃不已的讯息时，他却只沉默地看着她，好久好久之后才说：“对不起，说实在……我无法分享你的喜悦，因为对我来说，你好像正在慢慢远离，而我却无力跟上你的脚步。”

那个傍晚她只记得在止不住的泪水里，第一次听他提到两个人家境的差异、志趣的选择、思念与距离之间的考验，还有未来可能如何又如何……最后他认真地说：“我没有权利干涉你任何决定和选择，更不愿意自私地阻扰你对未来的追求，除了祝福，我只有等待，请记得……你是我这辈子的最爱！”

令她心疼的是，他仿佛一直信守着“等待”的承诺，不定期的航空邮简密密麻麻地诉说他的思念、工作和生活，提到他被网罗进“逐渐解构，并看得见正快速转变中”的执政党的宣传单位。

只是……这些信始终无法汇聚成足够的能量，让在湿冷、阴霾的异国里活在课业压力下的她得到支撑，反而是她父亲公司派驻在伦敦的经理蓄意的殷勤，让她不时地可以支领到一些必要的温暖。

最后她不得不承认，思念与距离真的是一种严苛的考验。虽然她记得少女时代只要看到香港连续剧里的男女用广东话谈情说爱时总觉得好笑，没想到一年多之后她就和那个来自香港的经理走进教堂。得知讯息的他写来的最后一封情书只有几个字：等待的尽头祝福依旧，只因为你是我这辈子的最爱。

两年后她从报纸上看到他结婚的消息，新娘她认识，也是当年文学社的社员之一；然而，她心里的愧疚却不曾因此消失，倒像是不愈的暗疮，常在无法预料的时刻隐隐作痛。

三年后她离婚，先生劈腿，对象是一个客户的秘书，香港女孩，当时她第一个感觉是：用广东话谈恋爱对他们来说还真的比较合适。

之后，她全心投入父亲公司在欧洲的所有业务，男人不缺，爱情却始终空白。

最后一次看到他，是在政权二度移转之后一个政商云集的宴席上；他似乎一眼就认出她来，虽然不停地和其他人握手寒暄，但视线却老是瞥向她这边。后来他慢慢走过来，依然是那么好看的笑容，伸出来的依然是长得像作家的手。

她不知道从何说起，只好以微笑和沉默面对，而当感觉到他的手好像有意传递某些隐秘的讯息似的连续紧握了她几下之后，她再忍不住地藉着西式的拥抱有意地亲近曾经那么熟悉的身体，她听见他在耳边轻轻地说："我知道……有关你所有的事……我一直都在意。"

她把名片递给他，而在眼泪即将溃堤之前，她低头转身，缓缓离开。

葬礼很沉闷，公祭的单位落落长，她坐在角落的位子远远看着那张熟悉的脸孔，安静地听着司仪以故做忧伤的腔调吟诵着一篇接一篇毫无感情的祭文，等候着个人拈香的时刻到来，因为唯有那时她才有机会跟他说：我对不起你……但请你相信，这辈子，最爱的依然是你。

后来她无意识地打开方才入口处服务人员递给她的礼袋，发现里头装着一条名牌手帕和一本书，书名和封面设计都有点俗气，叫《字字句句都是爱》。她连墨镜都没取下，随意翻看着。她看到遗孀的卷头语，说里头是当年夫君写给她的大部分的情书，“他把大爱留给台湾，其余的就在这里，只留给我这个幸运的女子。”

然后她看到第一封，没想到竟然是多年以来几乎都可以倒背如流的内容……甜美而缠绵的言语和神情或许更容易打动你的心，但，请原谅一个在这样的日子里出生的呆子，他只会用最简单而且愚昧的书写方式来呈现心里已然无法压抑的悸动和持续的、无声的呐喊，但却又无能想出更婉转、更合适的语词，因此只好写下这单调而贫乏的三个字——我爱你。

日期比写给她的稍稍晚了一点，隔了一个月又九天。

当邻座一个中年妇人好意地递给她面纸的时候，她才发现自己在哭。

“你留着用吧……”那妇人指着她手上的书低声地跟她说，“我现在只想笑……因为直到刚刚我才发现……这家伙当年写给我的情书……竟然和写给他老婆的一模一样。”

情书

偶尔他还是会想起六〇年代那种双排对坐、橘黄色的台北公车，因为那种座位安排的方式让他和那个女孩有长达半年的“相亲”时间，而那颜色根本就是他们爱情的象征。

那时候他在松山一家机械工厂当技工，晚上则在城内一家商工学校夜间部进修，高三那年的某一天，那女孩出现在他眼前。他上车的地方是公车的起站，所以通常都有座位，他习惯在上车之前买一个菠萝面包当晚餐，在车内乘客逐渐增多之前啃完。

有一天，他看到对座出现一个好看的女生，也和他一样，低着头认真地吃着面包，不过是起司包肉松的那种。那女孩之前没见过，制服上头的校名和学号显示她念的是离他学校不远的一个女子商业学校，同样是高三。

女孩忽然间也察觉他的存在吧，卡其窄裙下的腿不自觉地稍微夹紧，低着头，放慢吃面包的速度，一小块、一小块地撕，有一下没一下地嚼。

车子逐渐进入市区，乘客逐渐拥挤，不过，透过摇晃的人缝，他反而可以比较放胆地去看她那好看的样子。

车到八德路，乘客已经塞到没空隙，但左转敦化南路之后，有一个聒噪的女生却用声音告诉他那女孩的存在，甚至断续地传递着某些讯息。那女生应该是她的同班同学，说："好羡慕你哦，现在每天都有位子可以坐……可以先睡一下！……第一天习不习惯？电话会不会很多多？……有宿舍好好哦……不用付房租。"

也许是缘分，当晚他一上车就看到被挤在人群里的她，在车掌不断说"请往里面走"的催逼下，最后他就停留在她身边，近到可以看得见她脸上几个可爱的雀斑。

车过八德路，乘客逐渐稀疏，两个人开始有座位，对坐着，都低着头；车到终点时只剩他们两个，下车后，女孩头也不回地小跑步离开。

之后半年，每星期至少有三四天，他们俩重复着这样的路程，彼此知道对方的存在。透过她同学偶尔的呼喊，他甚至连女孩的名字都知道，但两人却连一个招呼、一个笑容都未曾交换。

寒假看不见的日子，他竟然会觉得失落，甚至会傻傻地想：那女孩呢？会不会跟我想她一样想念我？

天气转暖后的某一天，在拥挤的车子里，他听见那个聒噪的同学说："啊！木棉花都开了！"然后他听到那女孩说："我好喜欢木棉花，觉得它好男人！"

那天晚上他终于鼓起勇气跷了一节课，跑到仁爱路三段，趁路上没人，也不管树干粗糙刺人，他攀上一棵木棉树，连花带枝干折

下一整段，然后坐计程车回到终点站等她出现；当他把花递到她眼前时，她看着他，没什么特别反应，只淡淡地说："你好神经。"

第二天傍晚上车的时候，女孩走过来，递给他一个信封，然后依旧沉默地坐在对座，慢慢地吃着她的起司包肉松。

教室里他迫不及待地打开信封，里头是一张纸，但只贴着一个一块钱的铜板，以及五个阿拉伯数字，一如天书。

同学骂他笨，说："她叫你打电话给她啦！"

第二天他打了，是一家木材加工厂的总机，他说："请帮我接×××小姐……"之后，总机竟然一阵沉默，然后是她的声音，说："我以为你不懂我的意思……"又一阵沉默之后，他才听见那女孩有点哽咽地说："你知道吗？……寒假的时候……好几次，我竟然会在上课的时间跑去搭公车……那时候，我就知道……我完了！"

几年之后的结婚婚礼上，他一字不漏地重述了那次电话里她讲过的话，说当他听到女孩哽咽地说寒假没课竟然还跑去坐公车，说"我就知道，我完了！"的时候，电话这头的自己一样热泪盈眶。

那时候他已经在三重跟人家合伙开了一家小工厂，合伙人管业务和财务，他只管技术。他说他只知道没日没夜地忙，可是连续两年合伙人都跟他说工厂并没赚到什么钱；更没想到的是，第三年春节后才开工不久，有一天工厂忽然冲进来一堆人拆机器、抢原料，原来合伙人开出去的支票陆续都跳票。

工厂登记的负责人和支票出票人的名字都是他，所以因违反票据法进了监狱的人当然不会是开票的合伙人；这还不打紧，可恨的是即便人都已经进监狱了，家里竟然还会有人不时跑去骚扰、讨债，房东受不了，要他太太搬家，而这一切，会客的时候，太太都不曾跟他说。

直到有一天接到太太的信，才知道她去了南部，说以前的同事帮她介绍了工作，说虽然之后会客不易，但她相信他一定会谅解，因为生活上至少可以避开许多干扰和恐惧，她要他忍耐、要他坚强，说“我和他都在等你回来”。

他是谁？第二张信纸上有答案，上头贴的是一张超音波的图像，以及太太简短的说明：“医生说，他是男生，因为有这个！”纸上画着的箭头指向图像上一个被红色原子笔圈起来的小小的、凸起的暗影。

出狱的时候，孩子已经两个月大，他说他记得第一次抱着孩子和太太走在南部某个城镇黄昏的小路上时，路旁的木棉花正盛开。太太从地上捡了一朵给孩子看，喃喃地跟孩子说：“要记得，有这个……才有你哦！”

直到如今，他说偶尔他还会想起那天黄昏太太的声音和表情。

也许正如台湾人说的“娶某前、生子后”总有好运气，从出狱之后的十几年间他的事业顺利得超乎想象，孩子初中毕业那年，他已经有能力在美国买房子，并且让太太陪着孩子在那儿就学。

太太虽然经常不在，他也不曾不轨，直到那一次。

那天他做东请协力厂商吃饭，酒后总是比较感性吧，就跟主桌的人讲起他和太太如何因为木棉花认识，以及当年入狱时太太如何用超音波的图像鼓舞他的往事；之后他载着几个厂商回他们住宿的饭店，路过仁爱路，恰巧又是木棉花的季节，一个南部来的女老板忽然说："要是现在你有喜欢的人，大概也没有体力爬树摘花了吧?"

他说他二话不说，车子往路边一靠，有点勉强地爬上树，连花带枝干折了一段，在众人的哗笑中递给那个女人。

一个多月后的某一天，他接到一封信，信纸上黏着一个一块钱的硬币，一个电话号码，以及另外四个类似分机的数字。他打过去，是饭店，那四个字是房间号码，接电话的是那个南部的女厂商。

在床上，女人说先生几年前车祸过世了，她承接他的生意，说："很辛苦，也很寂寞。"

两三个月后，同样的女人寄来另一封信，信纸上贴着另一张超音波输出的图像，说："他是你的。不过请放心，我没有要你负责的意思……他的父亲是谁，也许在很久很久之后，我才会跟他说，更也许这一辈子都不会说。"

二十多年过去了，他说这个不知道是否真正存在的小孩就和木棉花一样，一直是他生命里无法去除的阴影和……思念。

重逢

事业失败之后才发现除了开车之外，自己好像连说得出口、拿得出手的专长都没有，所以最后他选择开计程车。

只是没想到台北竟然这么小，计程车在市区里跑竟然老是碰到以前商场上的客户或对手，“熟人不收费，自己倒贴时间和油钱这不算什么……最怕的是载到以前的对手，车资两百三给你三百块，奉送一句：不必找啦，留着吃饭！外加一个奇怪的眼神和笑容，那种窝囊感让人觉得干脆死了算了！”

所以后来他专跑机场，说比较不会遇到类似难堪的状况，而且也不用整天在市区没目的地逛，让自己老觉得像一个已经被这个战场淘汰的残兵败将，或者像中年游民一般地无望。

不过，他也承认跑机场的另一个奢望是如果前妻带着孩子们偷偷回来的话，说不定还有机会堵上他们，至少和孩子们见上一面；“离婚后就没见过……我都只能凭空想象他们现在的样子。”

孩子和前妻一直没碰上，没想到先碰到的反而是昔日的爱人。

他说那天车子才靠近，他就认出她来了。“曾经那么熟悉的脸孔和身体……而且除了发型，十几年她好像一点也没变。”

上车后，她只说了一个医院的名字和“麻烦你”之后就沉默地看着窗外，反而是他自己一直担心会不会因为车子里的名牌而被她认出来；不过，她似乎没留意，视线从窗外的风景收回来之后便拿出电话打。

第一通电话听得出她是打回澳洲雪梨的家，听得出先生出差去英国，她轮流跟两个孩子说话，要一个男孩不要为了打球而找借口不去上中文课，也要一个女孩钢琴要好好练，不然表演的时候会出糗，然后说见到外婆之后会替他们跟她说爱她等等，最后才听出是她母亲生病了，因为她说：“我还没到医院，不过妈妈相信外婆一定会很平安。”

他还记得她母亲的样子和声音，以及她做的一手好菜，更记得两人分手后的某一天，她到公司来，哽咽地跟他说“你怎么可以这样对待我女儿呢？你都不记得我烧过那么多好菜给你吃……”的时候那种颤抖的语气和怨怼的眼神。

打完家里的电话，接着打的是她公司，利落的英文、明确的指令加上自然流露的对同事的关心一如以往。

他们大学时候就是班对，毕业之后他去当兵，而她在外商公司做事；退伍后，她把一些客户拉过来，两个人合伙做，三年后，两人公司变成二十几个人，而他却莫名其妙和一个客户的女儿上了床。

“说莫名其妙其实是借口。”他说，“到现在也没什么好不承认的……一来是新的身体总比熟悉的刺激，还有……这个客户公司的规模是我的几百倍,那时不是流行一句话:娶对一个老婆可以省掉几十年的奋斗?”

最后车子经过敦化南路,经过昔日公司的办公室,两旁的台湾乐树正逢花季,灿烂的秋阳下一片亮眼的金黄。

后座当年的爱人正跟之前公司的某个同事话家常,说台北、说澳洲、说孩子、说女人到了一个年龄阶段的感受,然后说将在台北停留的时间以及相约见面吃饭,说:“让我看看你们现在都变成什么模样。”

车子最后停在医院门口,他说他还在躲避,也在犹豫要不要跟她收费或者为她打个折什么的,没想到后头的女人忽然出声,用极其平静的语气跟他说:“……我都已经告诉你我所有的状况……家庭、工作、孩子,告诉你现在的心情、告诉你对过去同事的思念……什么都告诉你了,而你……而你连一声 hello 都不肯跟我说?”

美满

美满有两个丈夫，一个户口内，一个户口外；两个孩子，一男一女，也是一个户口内，一个户口外。

每当有人说她好命，人生就像她的名字，她都回应人家说："我的人生？我的人生根本就像看到鬼！"

美满十八岁那年嫁给大稻埕一个商家的小儿子；洞房之前她不知道这个丈夫长得是圆还是扁；不过，所有亲戚都说她会很好命，因为老幺比较得宠，吃、穿都占双份，当老幺的媳妇肯定吃好、穿好、责任少。

结果呢？美满说："看到鬼！就没人跟我说他爸爸娶了四个老婆，生了十个儿子外加七仙女，他是四房生的第十七个小孩，他爸爸连他的名字都常忘记！"

那长得像不像小生？"看到鬼！像门神，黑又粗，第一晚就从暝头把我整到快天亮，害我这个新娘第二天差点起不了床。"

或许是这样，结婚才三个月，先生奉召去当兵，"我肚子里的小孩也差不多三个月大。"美满说，"一听到他要被派去海外，我哭到眼泪干，他竟然还残忍地跟我说‘万一我没回来，你还年轻，有机会就另外找人嫁’。”

先生刚到海外的初期还有信，来自一个陌生的地方叫马来亚，后来慢慢没消息，而那时候台北也开始不平静。

“美国的B–29整天蝇蝇飞，防空壕我永远跑最后，为什么？肚子大跑不动！好不容易躲进去，婆婆还叫我要背朝外、肚子朝里，开始我不懂为什么，后来才知道，原来她的意思是万一飞机扫射的话，我的身体至少可以挡枪子，我死没关系，孙子要留住。”

世局不平静，没想到家里也出大事，听说每天都要吃一盅乌骨鸡炖巴参的公公没病没痛地忽然就死了。“虽然是非常时期，出殡的场面还是大，想想看，四个太太外加在家的十六个儿子、女儿还有内孙外孙……道士一声：哭！三条街之外的人都以为是空袭警报响。”美满说，“之后发生的事……不相信的人一定以为我是在讲故事。”

美满说丈夫家的祖坟在观音山，出殡队伍浩浩荡荡才上了山，没想到空袭警报的水螺又响。“美国仔飞机大概以为我们的阵头是部队，从淡水海口那边才一飞过来，机关枪就开始扫射，所有人又哭又叫到处找地方躲、找地方跑……老实说，我婆婆还不错，她拉着我往路的下边跳，说来也真巧，跳下去的地方刚好有一个比肩膀宽一点的涵洞，我就拼命往里头钻，婆婆在外头拼命推，还大声地跟我说：‘你肚子要朝上仰着钻啦……’不过，她话还没讲完，外面就好像发生什么大爆炸，接着是大地震，我眼前一黑，什么都听不见、什么都看不见。

“后来我是被拖出来的……整个涵洞的出口都被土石盖住了，要不是人家看到婆婆露在外面的脚，都不知道里头还藏着我。”美满说，“夭寿美国仔大概嫌扫射慢，竟然干脆丢炸弹。结果呢，死一个公公还不够，那天又死了七八个来凑，婆婆就是其中一个……那个下午真的像在演电影，大家除了忙着搬尸体、救伤患，你知道其他人在干什么吗?大家都在找棺材！”

她说谁也没想到炸弹会那么准，好像刚好就炸在被搁在路边的棺木上，于是一堆人就在那个还在冒烟的大窟窿里头找公公。

“现在想想……那场面实在凄凉又好笑，整个山上断断续续都有人这样哭喊着：阿爸啊阿爸……啊，这里一块脚！……阿公啊阿公，这里有他的衫！”

婆婆死了，丈夫不在，势单力薄的美满除了原有的房子之外，公公的遗产一点都没她的份。那是一九四五年四月的事，五月孩子出世，八月台湾光复，外头到处鞭炮声，十九岁的美满却抱着孩子看着丈夫的照片在屋子里哭，不知道未来该怎么过日子。

或许命中注定有贵人，有一天美满抱孩子去看医生，街角遇到一个瞎眼的相命仙，坐下来就把一肚子的恐慌和疑惑丢给他。相命仙听了生辰八字，屈指算了算，竟然叹了一口气说：“从我‘有眼睛’到现在也没看过桃花这么旺的人，一辈子交往的人剥不离、算不完。”最后的结论是：“如果未来想有安稳的日子过，有两种行业挺合你的命格，第一是开酒家，第二是开旅社。”

她把相命仙的话讲给人家听，没想到连娘家的人都说："相命的话如果可以听，狗屎都可以吃！"

美满倒是着了魔般地下赌注，卖金饰当本钱，雇工人把房子大改装，三个月后以儿子的名字命名的"富源大旅社"正式开幕。当天第一个入住的客人正是那个相命仙，而且从此一住就是十五年，不但把旅馆的房间当成相命馆，也把旅馆当成自己的家。

"头脑巧，不如时机抓得好。"之后美满常常跟人家这么说："光复不久，先是中南部的人往台北跑，谁知道没几年却碰到唐山人往台湾逃。"

富源不仅生意好，一度还成了寻人中心、联络站、地下钱庄以及职业介绍所。

生意好，生活也没烦恼，但美满依然有怨叹，觉得生意场应该是男人站前面，"啊，我怎么连一个忙的时候可以凑脚手、累的时候可以靠一下的男人也没有?"

不过，美满果然桃花旺，心里才开始偷偷想，汉亭竟然就出现。

汉亭原本在南部制糖会社当技师，光复后当局来接收，他莫名其妙地被解雇，一气之下就跑到台北住进富源到处找头路；他有学历，可是却缺背景，有技术却没口才，旅馆住了两三个月，什么也没找到，最后好像连志气都没了，每天骑着脚踏车载着美满的儿子四处逛。

美满倒觉得这个人不但老实又爱孩子，最重要的是他什么都会修，从电灯不亮、电话不通、水龙头漏水到墙壁龟裂，只要叫一声

“汉亭，拜托一下！”就一切都放心，什么都免烦恼。

美满之后都跟人家说：“不要以为我爱他，当时，我只是想把他拐下来当长工。”

汉亭倒不这样认为，他曾经在喝醉话多的时候跟人家说：“她都以为我很呆……其实，我早就发现她看我的眼神跟看别人不相同，那里头有爱意，发现我注意到她的时候，她还会脸红！”

总之，那年尾牙的晚上，或许两个人都喝了一点酒，心情比较松，美满跑去敲汉亭的门，说年关近了，工作更难找，问他有什么打算？

汉亭说自己也不知道，最坏就是回南部乡下种田、养猪，死心当农夫。

美满说：“如果这样，倒不如就在富源帮我忙……你看，我连尾牙也请你，可见我早就不把你当客人……你南部有父母要奉养，我知道，所以每个月要多少钱……任你说，我不会亏待你。还有，我知道你喜欢富源，富源也喜欢你，这种缘分更是不容易……”

回忆起这一段，汉亭说，那时候他知道美满的意思，可是“我还是在等最后她会怎么表示”。据说美满最后是这样讲，她说：“你现在没收入，房间钱我都收到不好意思……若不嫌弃，其实，你可以来我房间住，跟我挤。”

美满倒是大方承认她的确这样讲，不过，她也说：“住进来的第一晚，我才知道，哼，不会叫的狗原来这么厉害，一咬人就不肯放开！”

人生走到透，美满常说很多事是注定的，别铁齿，当命中的某颗星辰走到哪个位置，该遇到的事怎么也躲不掉。

二二八事件的时候，相命仙告诉美满和汉亭说："会平安啦，免惊惶，只要汉亭忍一下，不要莽撞地想拿木剑去跟步枪拼！"

隔了两年多，有一天晚上相命仙和汉亭都喝醉了，美满听见相命仙又有点大舌头地跟汉亭说："真奇怪，你和美满未来这一年的主运哪会都走同样的路线？都是'悲喜交集，哭笑不得'？"

那是一九四九年夏天的事。

也从那年秋天起，旅馆里天天挤满一大群南腔北调的唐山人，有人携家带眷，有人妻离子散，尽管来来去去都是不同的人，却都有同样的一种神情叫茫然。

不过，美满记得那女人抱着才出生不久的婴孩半夜出现在眼前的时候，她在那张苍白虚弱的脸上看到的仿佛不只是茫然，而且还有惊吓和绝望。女中说已经告诉她没房间了，但那女人坚持不肯走，说她走不动了，而且需要吃些东西，逼一点奶给婴儿喝。

美满说妈妈的心情自己当然懂，于是让她在女中的通铺上先休息，然后下厨煮了一碗麻油蛋包加面线给她吃。不过，问她叫什么？从哪来？除了微笑之外，她却什么都沉默，一直到最后才跟美满说："什么都不知道，对你比较好。"

"第二天清晨的事，现在想起来啊……还是会哭。"美满回忆说，"她才刚掏奶喂孩子，外头一堆军人就带枪冲进来……她把孩子给我抱，孩子没吃饱开始大声哭，她倒是冷静地从破包袱里掏出一个龙银递给我，什么也没说，就扶着墙走出房间跟那些军人说：‘我在这里，不要动枪动刀，不要打搅人家睡觉。’当那些兵把她的手折在背后押出去时，我记得她还硬是挣扎地转头看了一眼，只是不知道她是在看我……还是在看我手上的孩子。”

美满说之后她被军人带去问了好几天，祖宗八代的事都问，但就是没人问起那个孩子。不久之后新闻登了很大一篇，说有共产党的组织被破获，几个人都被枪杀了，管区的警员偷偷跟美满说，其中那个女的就是从旅馆被抓走的那一个。

那天半夜等所有人都睡了，美满要汉亭照着报纸上的记载，把那女人的名字和籍贯“湖南长沙”写了一张白纸贴到屋后的墙壁上，然后抱着婴孩跟她鞠躬，烧香、烧纸钱，并且跟她说：“你会找到我，这是咱有缘，你的遭遇我不清楚，不过，现在你安心跟着观世音菩萨去就是，至于孩子……你放心，我会把她当成自己的女儿养，但是你在天上也要帮着顾、帮着看！”

屋里所有人都知道这个秘密，不理解的只有小富源。才四岁多的他不知为什么只隔了一个晚上，那个原本大家都叫她“红婴仔”的小小孩，忽然就有了新的名字叫“富美”，而且说从那天起她就是他的新妹妹。

富源不懂的事情之后还更多。

那年过年前，旅馆的门前忽然出现一个又黑又瘦、一脸沧桑的男人，他迟疑地看着坐在柜台里头的卡桑好一会儿，开口沙哑地说：“美满，我阿哲啦。”之后，富源记得现场所有人仿佛就像电影里的定格一般全愣住，好像很久很久之后，才听见美满激动地说："富源！富源！你阿爸没死回来了！赶快叫阿爸！"

富源说当时只觉得怎么会这样？不是才刚多了一个妹妹吗？现在……怎么又多了一个阿爸？

每想起那段"悲喜交集，哭笑不得"的日子，美满都会说："富源只是搞不懂怎么多了一个老爸，我是一下子有两个丈夫才尴尬！"

阿哲刚回来的时候身体很差，请中医调理了很久，精气神才慢慢恢复，但整个人的魂魄好像都散了，白天不讲话，睡觉的时候却整晚讲梦话，甚至还会惨叫、哀号，美满摇醒他的时候经常发现他一身汗，好像梦境里受到什么追逐或惊吓。

有一天美满半夜醒来，发现失眠的阿哲手上竟然拿着好几根人骨仔细端详，美满吓到连话都说不出来，没想到阿哲倒是温柔地跟她说："免惊啦，都是好朋友，我带他们回来的。"阿哲说早在日本投降前，他们的部队已经被盟军打得七零八落，溃散到丛林里各自亡命，战友陆续因为受伤、饥饿或疟疾死了。

"没力气也没时间埋他们……只好把他们的手剁一只下来，生个火把肉烧熟了，用刺刀削掉，往背包一插继续跑……"阿哲说，"现在烦恼的是，当初忘了做记号，哪只是谁的我已经分不清。"

美满说她还记得阿哲在讲这些历程时，那种温柔的语气和眼神。

阿哲后来逃到一个深山的村落里，帮人家砍柴、垦山。

"知道战争已经结束后，我反而走不了，因为……我跟那里一个女人已经有了孩子，总不能把人家丢下自己回台湾。要是你，你也不会这样做，你说是不是？”阿哲平静地说，“这都是命运，所以你另外有男人，我也不怪你，何况当初我自己都讲过，万一没回来，你就另外找人嫁，讲过的我不会反悔。”

那个女人和小孩呢？美满说：“很可怜……阿哲讲的时候还一直哭，说那边每年都会烧山垦田，那年烧山的时候，风向突然变，大火浓烟扑向整个村落，小孩和女人死了好多，阿哲说找到那对母子时，孩子是被妈妈放在水缸里，妈妈全身烧得大部分只剩骨头，可是整个身子还覆着水缸口……”

后来呢？一下子有两个丈夫……你怎么处理？

“老实说，这两个男人最初对我有够好……汉亭看阿哲身体好了，东西收收就要走，阿哲竟然去找他喝酒，要他留下来，说比起自己，他跟我的夫妻关系反而还更久；而且，富源也只认他当爸爸，而自己至少外面曾经有过家庭，回家……说起来反而像路过借住而已……讲了一大堆。”美满说，“两个人这么客气来、客气去，倒霉的反而是我，明明丈夫有两个，有一段时间却活得像寡妇……后来我生气了，只要想让谁陪，我就拿酒去找谁喝，两个人给我轮流！

“后来这两个都慢慢变坏了……阿哲大概南洋待过那么几年，知道哪里有木材的生意可以做，跟我拿了一些钱做本，和汉亭一起做木材进口，把旅馆生意丢给我自己扛……没几年，这两个竟然赚了不少钱，晚上经常穿得趴哩趴哩出去混。有一天我出去抓，两个人竟然在酒家里喝得醉醺醺，左边抱一个、右边抱一个，看到我也不怕，两个人竟然还装蒜，彼此问：‘今天不是应该轮到你陪她，我放假？’”

那是1957年前后的事，但经过五十年后，美满讲起来却还是一肚子火，她说：“人间事若像水，女人的头壳就像海绵，碰到的就不会忘；男人的头壳像‘孔固力’，泼下去转眼干。不信你去问阿哲，看他记不记得马来亚山上的孩子和老婆？还有，你去问汉亭，看他记不记得当初怎么‘设计我’？”

到底是谁设计谁成了美满和汉亭一辈子永无休止的争论，有时候甚至连阿哲也会被牵拖进来，因为美满会抱怨说：“当初要不是媒人乱设计，我这辈子也不会这么坎坷。”不过，尽管嘴里老是这么叨念着，但他们心里各自明白，没有谁设计谁，说到底都是时代设计了所有人。

面对无法抵挡的命运，人们也只能逆来顺受，一如美满后来习惯的口头禅：“天意！”

六十年代，南北二路数不清的年轻人涌进台北寻找发展的机会，美满几乎把那些短期投宿的“庄脚团仔”当作自己的小孩看，不但帮他们介绍工作，甚至还当起媒人撮合姻缘。美满说这辈子经过“美满做媒，保证美满”的夫妻超过两百对，然而她私下最想撮合的一对最后却以遗憾收场！

她说的是富源富美两兄妹。

美满和汉亭在一起的时候并没有办户口登记，阿哲回来之后，美满当然也还是他的“配偶”，于是汉亭只好自立门户。而富美则是他门户下的“养女”，和汉亭同姓，因此汉亭有时候会借故哀叹自己和富美都是“户口外”的“外人”。

既不同姓又没有血缘关系，所以尽管富美从小就叫富源哥哥，但美满却始终认为这两个以后应该可以自然而然地“送作堆”。

“自己养大的女儿成了媳妇，还有比这个更圆满、更让我放心的姻缘吗？”美满说，“谁知道，他们两个还挺认真地以兄妹相对待……天意啦！”

富美其实很小就知道自己的来历，但她始终不觉得自己和富源有什么不同，有时候甚至还会怀疑哥哥才是“户口外”的人，因为上学之后她的成绩永远在前头，而富源则老是吊车尾，所以被宠的是她，经常被骂的反而是哥哥；富源勉强念完高职就跟着两个爸爸学做生意，在外奔波走闯，而她却一路无忧地念完大学还出去留学。

多年之后她曾经跟富源承认说，其实有很长的一段时间，她很着迷他那种跟好学生完全不同的、率性而且海派的江湖性格，但是“……怎么说，你总是我哥哥，是不是？”

富源说当她讲起这一段的时候，自己也差点失控。

“我怎会不喜欢她呢？只是那时候……她实在太优秀了，优秀到让自己自卑，所以宁愿当她的哥哥就好，至少可以因为‘富美是我妹妹呢！’而有一点小小的骄傲！”

不过，这一段他可没告诉富美，毕竟“是过去的事了，而那时候我已经是两个孩子的爸爸了，说了……又能改变什么？跟她说这个……倒不如留在自己心里头就好”。

富源说的“那时候”是一九七〇年代中期，富美在美国东岸的大学拿到博士学位。出去还不是那么自由的年代，有商务护照的富源奉母亲和两个爸爸之命去参加她的毕业典礼。富美的博士论文听说和台湾白色恐怖的那段历史有关，她跟富源说：“研究这个，是因为想找到那个生我的妈妈的来历吧?结果……她没找到，却反而找到更多跟她一样命运的妈妈。”

富源大旅社在一九八〇年代中期结束营业，改建为住宅大楼，大楼的名字叫“美满人生”。

二〇〇六年富源帮美满办了一场盛大的八十寿筵，富美也带了美国丈夫和三个小孩专程回来，那时候阿哲和汉亭都已经在几年前陆续往生。

美满在观音山建了一个塔位，把他们两个放在一起，说以后自己也要住进去。“三个人从没睡在一起过，那种滋味……我就不信那两个死人不想试试看!”美满很有把握地这么说。

第五辑

这些人，那些事

思念

小学二年级的孩子好像很喜欢邻座那个长头发的女孩，常常提起她。每次一讲到她的种种琐事时，你都可以看到他眼睛发亮，开心到藏不住笑容的样子。

他的爸妈都不忍说破，因为他们知道不经意的玩笑都可能给这年纪的孩子带来巨大的羞怒，甚至因而阻断了他人生中第一次对异性那么单纯而洁净的思慕。

双方家长在校庆时孩子们的表演场合里见了面；女孩的妈妈说女儿也常常提起男孩的名字，而他们也一样有默契，从不说破。

女孩气管不好，常感冒咳嗽，老师有一天在联络簿上写说：邻座的女生感冒了，只要她一咳嗽，孩子就皱着眉头盯着她看，问他说是不是咳嗽的声音让你觉得烦？没想到孩子却说：不是，她咳得好辛苦哦，我好想替她咳！

老师最后写道：我觉得好丢脸，竟然用大人这么自私的想法去污蔑一个孩子那么善良的心意。

爸妈喜欢听他讲那女孩子点点滴滴，因为从他的描述里仿佛也看到了孩子们那么自在、无邪的互动。

“我知道为什么她写的字那么小，我写的这么大，因为她的手好小，小到我可以把它整个包——起来哦！”

爸妈于是想着孩子们细嫩的双手紧紧握在一起的样子，以及他们当时的笑容。

“她的耳朵有长毛耶，亮晶晶的，好好玩！”

爸妈知道，那是下午的阳光照进教室，照在女孩的身上，女孩耳轮上的汗毛逆着光线于是清晰可见；孩子简单的描述中，其实有无比深情的凝视。

三年级上学期的某一天，女孩的妈妈打电话来，说他们要移民去加拿大。

“我不知道孩子们会不会有遗憾……”女孩的妈妈说，“如果有，我会觉得好罪过……”

没想到孩子的反应倒出乎他们预料之外的平淡。

有一天下课后，孩子连书包也没放就直接冲进书房，搬下世界旅游的画册便坐在地板上翻阅起来。

爸爸问他说：你在找什么？孩子头也不抬地说：我在找加拿大的多伦多有什么，因为××她们要搬家去那里！

画册没翻几页，孩子忽然就大笑起来，然后跑去客厅抓起电话打，拨号的时候还是一边忍不住地笑；之后爸爸听见他跟电话那一端的女孩说：你知道多伦多附近有什么吗？哈哈，有破布耶……真的，书上写的，你听哦……“你家那块破布是世界最大的破布”，哈哈哈……骗你的啦……它是说尼加拉瓜瀑布是世界最大的瀑布啦……哈哈哈……

孩子要是有遗憾、有不舍，爸妈心里有准备，他们知道唯一能做的事叫“陪伴”。

后来女孩走了，孩子的日子寻常过，和那女孩相关的连结好像只有他书桌上那张女孩的妈妈手写的英文地址。

寒假前一个冬阳温润的黄昏，放学的孩子从巴士下来时神情和姿态都有点奇怪。他满脸通红，眼睛发亮，右手的食指和拇指好像捏着什么无形的东西，快步地跑向在门口等候的爸爸。

“爸爸，她的头发耶！”孩子一走近便把右手朝爸爸的脸靠近，说，“你看，是××的头发耶！”

这时爸爸才清楚地看到孩子两指之间捏着的是两三条长长的发丝。

“我们大扫除，椅子都要翻上来……我看到木头缝里有头发……”孩子讲得既兴奋又急促，“一定是××以前夹到的，你说是不是？”

“你……要留下来做纪念吗？”爸爸问。

孩子忽然安静下来，然后用力地、不断地摇着头，但爸爸看到他的眼睛慢慢冒出不知忍了多久的眼泪。他用力地抱着爸爸的腰，把脸贴在爸爸的胸口上，忘情地号啕大哭起来，而手指却依然紧捏着那几条正映着夕阳的余光在微风里轻轻飘动的发丝。

真实感

阿婆一辈子住在渔村，三十五岁那年先生就翻船死了，七个小孩最大的才十七岁，她说她是以“我负责养小的，大的孩子自己养自己”的方式把所有小孩拉拔大。

四男三女七个小孩后来都很成材，也许从小习惯彼此相互扶持，所以兄弟姊妹之间的情感始终浓郁。

他们唯一遗憾的是，阿婆一直坚持住在渔村的老房子里，怎么说都不愿意搬到城市和孩子们一起住。她的说法是：“一年十二个月，七个小孩不好分，哪里多住哪里少住，他们都会说我大小心……而且一个人住，我自由，他们也自由。”

她说得固然有道理，但孩子们毕竟放不下心，所以在她七十岁那年帮她找了一个外籍看护，并且把老房子翻修了一下，甚至还设计了无障碍空间，为她往后万一行动不方便的时候预作准备。

七十大寿那天，阿婆甚至还拿到一个这辈子从没拿过的大红包，三百五十万元的支票一张——七个孩子各出五十万元。阿婆当然拒绝，不过，老大代表所有兄弟姊妹发言，说这笔钱是要给她当

“奖学金”用的,说内孙外孙都在念书,要阿婆每年分两次依照他们的成绩单给奖金,这样孙子们就会更努力读书;如果有人要出去留学的话,阿婆也可以拿这笔钱出来“帮他们买飞机票”。

这理由阿婆觉得可以接受,所以就收了。第二天老大特地带阿婆去银行开户,听说她还跟银行经理说:“这是我孙子们读书要用的,你要替我照顾好。”

三个月后的某一天,阿婆没让看护跟,自己一个人进了银行,说要把钱全部领出来。银行员的第一个反应是:是诈骗集团找到阿婆了!所以很迂回地问阿婆要领钱的理由,问了老半天,最后连经理都出面了,阿婆还是什么都不说,一直强调是她自己要领的,没有人指使她,最后还有点生气地说诈骗集团的事情她知道,电视天天播。

“你们不要以为全台湾的老人家都那么好骗!”

经理没办法,只好打电话给老大,要他问阿婆提款的理由。刚开始阿婆还是不愿意说,甚至还赌气地戗老大:“你们不是说这些钱是给我的?我自己的钱要怎么处理……难道还要经过你们同意哦?”

纠缠将近半小时之后,阿婆终于恼羞成怒似的跟电话那头的儿子说:“我这世人从没看过三百五十万到底生做什么样,我只是想领出来看一看不行哦?”

阿婆这一说所有人都愣在那儿,不过刹那间仿佛也全都懂了!经理当下就跟阿婆说:“阿婆,你要看你的钱交代一声就好了,何必让大家这样讲到有嘴没涎!”

没想到阿婆却忽然像小女孩一样，低着头、捏着手里的小手帕,害羞地说:“没啦,我是怕你们以为我对你们不信任。”

经理说:“哪会啊?钱是你寄放在我们这里的,看看在不在是你的权利啊!”

于是经理叫人把三百五十万元现钞拿进小办公室让阿婆看，根据经理之后打电话跟老大的描述是：阿婆摸了又摸，还问他们说:“这确定是我的哦?啊!你们怎么认得?”经理说他还骗她说:“我们把它放在有你名字的柜子里啊!”

他说阿婆还自言自语地说:“以前要是有这些钱的话，日子也不用过得那么艰苦……现在日子已经好过了，这些钱……反而用没路!”

话虽这么说,之后每隔一段时间,阿婆还是会独自走进银行,找个行员小声地说:“歹势,我来那个那个……”

其实,阿婆不用说,所有人也都知道她来做什么。

圆满

他父亲在乡下当了一辈子的医生，一直到七十五岁才慢慢退休。

退休有很大一部分原因是有健保之后，村里的人不管大小病都宁愿跑去邻近的大医院挤，加上人口外移以及老病人逐渐凋零。

母亲常开玩笑说父亲现在的病人只剩下他自己，病症是自闭：不出门、不讲话，唯一的活动是自己跟自己下围棋。

从小他父亲就期待孩子们至少有一个人可以当医生，但三个小孩都让他失望；弟弟从小学钢琴，不过后来也没变成演奏家，现在是录音室老板，每天听别人演奏。

妹妹念传播，当过一阵子电视记者，和企业家第二代结婚，然后离婚，用赡养费经营了一家双语幼稚园。

父亲曾经抱怨说，都是他这个长子坏榜样，高中分组的时候不管父亲怎么威胁利诱，他还是坚持念文科，之后进报社，职位起起落落，直到现在看着报业飘飘摇摇。

母亲曾经跟他们说，其实父亲最常抱怨的理由是：这三个小孩所做的事都“对咱庄头没帮助”。

不过，几十年过去，那样的抱怨倒是慢慢地少了，更意外的是，当他的儿子竟然选择医科并且高分考上时，父亲不但没有惊喜，反而淡淡地说：“傻孩子，这个时代才选这款艰苦头路。”

除夕那天，母亲口中“三个台北分公司”的三家人陆续在黄昏之前回到老家。妹妹、两个媳妇加上几个孙女儿乎把厨房挤爆，她们全在那儿凑手脚，一边听母亲讲之前和父亲搭邮轮去阿拉斯加旅行的见闻。弟弟则在客厅帮那台老钢琴调音，丁丁冬冬地，那是他每年过年回家固定的仪式，其他几个半大不小的男生则歪在老沙发和祖父的看诊椅上看漫画、玩电动。

父亲仿佛跟家人完全搭不上边似的在二楼阳台搬弄他的兰花。他隔着纱门看着父亲已然苍老的身影，他的背都驼了，连步子也迈不开。

当他把威士忌递给父亲要他休息一下时，父亲只是笑笑地接过杯子。他跟父亲说大儿子得值班，初一晚上才会回来跟他拜年，父亲也只是说：“住院医师……若苦役咧，大大小小事情做不完……”隔了好久才又问说：“回来时……高速公路有没塞车？”

“没呢。”他说。

然后两个人就都沉默地望向过去是一望无际的稻田，而今却四处耸立起别墅型农舍的田野。

暮色逐渐笼罩，他不经意地转头看向父亲时，没想到父亲也正好转过头来，静静地啜了一口酒之后仿佛很努力地在找话题，最后终于问说:“回来时……高速公路有没塞车?”

“没呢。”他依然这么回答他。

团圆饭后发红包，孙子们发现阿公留给医生哥哥的红包是他们的两倍厚,大家起哄说阿公偏心,已经五六杯水割威士忌下肚、整个脸红通通的父亲笑笑地说:“哥哥当医生最辛苦啊，他是在顾别人呢,啊你们都只需要顾好自己就好。”

父亲习惯睡前泡澡，那时候所有人都挤在二楼的和室陪阿嬷聊天、捡红点,泡完澡的父亲忽然笑眯眯地拉开纸门说:“你们累了就先去睡,等贺正的时间到了,我才叫你们。”

所有人忽然安静下来,因为父亲的表情好像还有话要讲,等了好久好久之后他才有点腼腆地说:“看大家这么快乐，阿公也好快乐。”

他说:那是父亲这辈子最感性,却也是最后的一句话。

当他们听到贺正的鞭炮声已经远远近近响成一片，而父亲竟然还没有上楼叫他们时，才发现父亲舒服地斜躺在沙发上永远地睡着了。

他的表情好像带着微笑，电视没关,NHK 交响乐团正在演奏的正是父亲往昔结束看诊之后，习惯配着一小杯威士忌眯着眼睛听的乐曲,韦瓦第的《四季》。

八点档

直到他医学院毕业、当完兵，然后进入著名的教学医院当第一年住院医师，并且把第一个月薪水拿给她之前，他从没看过母亲的笑容。

他记得那天母亲很认真地看着薪水袋，好久好久之后才自言自语地说："人家说我这么拖磨，总有一日会出头天……他们都不知道，最悲哀的是你，我是在等你出头天。"

他没父亲，没兄弟姊妹，跟妈妈同姓，身份证父亲那一栏始终写着"不详"，一直到几年前才改成空白。从小到大他从不曾像电影或电视里演的那样，在某个年纪时会问母亲："我为什么没爸爸？"

他说不懂事的时候不知道要问，到懂事的时候则根本不敢问。

小学的时候，母亲每天得帮三户人家洗衣兼打扫。至于下午的时间，他记得母亲曾经卖过臭豆腐、炸粿、蚵仔面线等等，而且每到放学时刻就会把摊子推到学校附近来卖给学生，所以一下课他就必须赶过去帮忙，生意高峰过后他就在摊子旁边写功课，直到卖完为止，没卖完的母子俩就拿来当晚餐。

每当几个特定的孩子走过摊子前，母亲总会小声问他:“你考试分数有没有比他高?”无论他的答案是有或没有，母亲接下来的话永远是:“人家他们的爸爸不是有钱就是在做官，你爸爸是死在路边被狗拖，如果你连读书都赢不了人，那你以后就准备去帮他们做奴才倒尿桶!”

后来洗衣机方便了，摆摊子也常被警察抓，母亲只好转业去一家当时开始流行的地下酒家当内将，那时候他已经念高中。

他的便当和晚餐换成母亲从酒家带回来的剩菜，比起小学时代不仅花样多，而且既丰盛又豪华，蹄筋、龙虾、鲍鱼、鱼翅不稀奇，他说:“甚至还经常吃到里头附送的牙签、酒瓶盖和烟屁股。”

考上第一志愿医科的那一年春节，母亲终于带他回中部的老家“返外家”，听到母亲以那种故作卑微的语气，跟几个脸上没什么表情的阿姨和低头抽烟的舅舅们说:“没想到这个从小被我用馊水养大的孩子也会考到医生!”

回来的火车上，他终于鼓起勇气问母亲:“你少年的故事到底是怎样?”

没想到母亲闭着眼睛装睡，很久很久之后才说:“免问啦，看电视就知道啦，我的故事……连续剧常常在扮。”

几年后他的小阿姨心脏开刀，成了他的病人，查房的时候偷偷问她母亲的遭遇，没想到阿姨竟然也同样这么说:“现在想想……很像八点档的连续剧。”他说自己想象过无数次，原本以为会曲折离奇、悲情万分的故事，经阿姨一讲却果然是老套又无趣:母亲小学毕业后先在家乡的裁缝店当学徒，也许大多数的同学都往台北跑，让她觉得留在家乡没出息、没面子，于是也没跟家里讲，自己就偷跑到台北。介绍所帮她找到一个带小孩的工作，谁知道没多久却被这家人的大儿子给弄大了肚子，人家是当官的人，给钱了事可以谈，其他打死不认账。外公和舅舅们无力对外，只会骂母亲贱，母亲从此一去不回，带着小孩自力更生。

就这样。

“不过，结局还不错。”他说。

两三年前一个夜晚，他被紧急叫进开刀房，救回一个知名官员的命，忙了一整夜，第二天他还得主持记者会，跟媒体讲病况。当他累歪歪地回到家，听见母亲在房里叫他。

他走过去，发现门锁着，他敲敲门，隔了好久之后他才听见母亲说：“我没事，免烦恼……我是说……我前辈子一定欠那个×××非常多……让他侮辱没关系……还要这么辛苦替他养儿子，来……来……救他那条不值钱的狗命！”

寂寞

阿照跟她的爸爸一点都不亲，就连“爸爸”似乎也没叫过几次。

这个爸爸其实是她的继父。妈妈在她四岁的时候离了婚，把阿照托给外婆照顾，自己跑去北部谋生。

阿照小学二年级的时候，妈妈带了一个男人来，说是她的新爸爸；不过，她不记得那时候是否叫过他，记得的反而是那男人给了她一个红包，以及她从此改了姓。改姓的事被同学问到气、问到烦，所以这个爸爸对她来说不仅陌生，甚至从来都没好感。

一直到初中三年级，阿照才被妈妈从外婆家带到北部“团圆”，而且听说这还是那男人的建议，说以后如果要考上好大学，她应该到北部来读高中。那时候妈妈和那男人生的弟弟都已经上小学了。

男人不久之后从军队退了下来，在工厂当警卫，有时日班有时夜班，妈妈则在同一家工厂帮员工办伙食，早出晚归，一家人始终没交集，各过各的。

不久之后，阿照考上台北的高中，租房子自己住，即便假日也很少回去，寒暑假也先往外婆家跑，通常都要快开学了才勉强回去住几天，顺便拿生活费和注册钱。

外婆在阿照大三那年过世，不过，之后的寒暑假，阿照也同样很少回家。她给自己的理由是要打工、读书、谈恋爱，其实自己清楚真正的原因是对那个家根本一点感情也没有。不过，不知道是不是亲生的儿子太不成材还是怎样，那男人对待两个孩子有很明显的差别待遇，比如跟儿子讲话总是粗声粗气，对阿照则和颜悦色，过年给的红包永远阿照的比较厚，儿子只要稍微嘟囔一声，他就会大声说："你平常拿的、偷的难道还不够多？"

阿照大学毕业申请到美国学校的那年他从工厂退休，妈妈原本希望阿照先上班赚到钱才出去，没想到他反而鼓励她说念书就要趁年轻、一鼓作气，说他的退休金可以拿去用。"不然最后说不定被那个王八蛋找各种理由拿去败光光！"他说，"女儿哪天拿到美国学位，至少我脸上也有光。"

阿照记得那天她跟他说："爸爸……谢谢！"不过，才一说出口就觉得自己可耻，因为在这之前她不记得是否曾经这么叫过他。

美国回来后，阿照在外商公司做事。弟弟在她出去的那几年好像出了什么事，偷渡到大陆之后音讯全无，连几年前妈妈胰脏癌过世都没回来。孤孤单单的爸爸也没给阿照增加什么负担，他把房子卖了，钱交给阿照帮他管理，自己住到老人公寓去。

阿照也一直单身，所以之后几年的假日，他们见面、聊天的次数和时间反而比以前多很多。有一天阿照去看他，他不在，阿照出了大门才看到他坐计程车回来，说是去参加一个军中朋友的葬礼；

阿照陪他走回房间的路上他一直沉默着，最后才跟阿照说可不可以帮他买一个简单的相机?说他想帮几个朋友拍照,理由是:“今天老宋那张遗照真不像样!”

后来阿照帮他买了,之后也忘了问他到底用了没,或者拍了什么?

去年冬天他过世了。阿照去整理他的遗物,东西不多,其中有一个大纸盒，阿照发现里头装着的是一大叠放大的照片和她买的那部照相机;相机还很新,也许用的次数不多,更也许是他保护得好,因为不仅原装的纸盒都还在,里头还塞满干燥剂,并且罩上一个塑胶套。

至于那些照片拍的应该都是他的朋友,都老了,背景有山边果园,有门口,有小巷,也有布满鹅卵石的东部海边,不过每个人还都挺合作,都朝着镜头笑,就连一个躺在病床上插着鼻胃管的老伯伯也一样,甚至还伸出长满老人斑的手臂,用弯曲的手指勉强比了一个 YA。

阿照一边看一边想象着他为了拍这些照片所有可能经历过的孤单的旅程……想象他独自坐在火车或公路车上的身影、他在崎岖的山路上踯躅的样子、他和他们可能吃过的东西、喝过的酒、讲过的话以及……最后告别时可能的心情。

当最后一张照片出现在眼前的时候……阿照先是惊愕，接着便是无法抑制的号啕大哭。照片应该是用自动模式拍的，他把妈妈、弟弟,还有阿照留在家里的照片,都拿去翻照、放大、加框,然后全部摆在一张桌子上，而他就坐后面用手环抱着那三个相框朝着镜头笑。

照片下边就像早年那些老照片的形式一般印上了一行字，写着：“魏家阖府团圆，2009年秋。”

阿照说，那时候她才了解那个男人那么深沉而无言的寂寞。

仪式

那年一向平静的台湾忽然连续发生几件结伙抢劫的案子，电视、报纸一阵喧腾，都说“治乱世要用重典”。

“民气可用”加上“强人震怒”之下，有两个犯案的兄弟不但迅速地在军事法庭被判死刑，并且在定识之后随即执行。或许有很多人都还记得他们被枪毙当天的新闻，各电视台都以“录影转播”的方式详细地呈现那两个年轻人在行刑前部分过程的细节，我们看到法警用筷子戳着卤蛋硬要他们吃，而且在兄弟俩都还来不及把满嘴的卤蛋吞下之前就拿着高粱酒硬灌。

很多人都说这是一场“演出”，目的是“杀鸡儆猴”。

鸡杀了，猴子果真就乖？难说。阿澄就是在这场演出之后不久就和朋友一起抢当铺被抓了。

阿澄二十岁，钣金工，农历过年前夕去找朋友，相约返乡的日期。之后所发生的事根据警方的记录是这样说的：阿澄的朋友没拿到年终赏金，怕回去没面子，希望阿澄和在场的其他两个同乡能多少借他一点，但这几个人也凑不出什么钱，后来有人提议说不然就大家把身上唯一值钱的手表拿去当。

三个人都很义气地脱下手表陪朋友进当铺，谁知道当铺开价非常低，朝奉甚至还说：不然你们以为这几个“奥表仔”值多少钱？

走出当铺后，阿澄说他承认自己的手表的确旧，因为是爸爸戴过好几年之后才给他的，不过他气不过的是“那个人讲话的时候，脸上那种‘令人赌烂’的笑容”！没想到其他人也有同感，朋友就提议进去打他一顿消消气，好死不死正在施工的人行道上正好有绑好等待灌浆的钢筋架，他们拆了铁丝，每人各抓一根就往当铺冲，不过之后的过程双方讲法各有不同，当铺的说法是：他们是蓄意抢劫，当手表只是一个观察环境的幌子；而阿澄一伙人则说是：只想打人消气，人倒地之后他们发现柜台上有钱，忍不住随手拿走，根本不是抢。

法官相信谁，最后很清楚，四个孩子除了一个未满十八岁的之外，全部判死刑。

这回行刑前的细节电视没转播，但家属接了尸体到殡仪馆之后的过程，一个葬仪社的朋友倒曾经这样详细地描述过，他说：阿澄的父亲一看就是一个典型的做田人，就像他自己在云林乡下的爸爸，皮肤黑得发亮，手指粗大，为了这一趟难得的远行，他难得地穿上了平日应该是收在箱子里的衬衫和西装裤，因为靠近的时候都闻得到樟脑丸的味道。

朋友说他一边帮孩子换衣服，一边小声地跟孩子说话，说没让妈妈来是怕她受不了，不是妈妈嫌你啥，“你嘛知伊心脏不好……

啊你这么不乖，脾气又这么坏……咱手表仔旧就旧……被人家嫌一下又怎样?你打人,人家只是痛一下子……啊现在……你身躯被打一个洞,自己不知道痛,但是……你敢知痛的是我跟你妈妈的心肝?这样……你敢有赢?”

朋友说孩子的衣服换好之后,阿澄的父亲盯着儿子看,默默地抽完一根烟,然后忽然发疯似的开始用力地打他儿子耳光,一边哭着说:“我是谁你不认哦?你都不应声?枉费我养你这么大,还要我这个老的帮你送上山……”

朋友说他还犹豫着要不要过去阻止时,他就停手了,然后慢慢转过头,泪水纵横的脸上带着令人不忍的笑容。他跟我朋友说:“他认出我了……古早人说,认出是亲人……七孔就会流血,他认得了……你看!”

朋友说他不敢说破,说那是溺水的尸体才有这样的传说,不过此刻阿澄的鼻孔的确正渗出细细的血水来。

那父亲最后跟孩子说:“你，我一世人舍不得打……为什么今天非要逼我这样打……你才认得我?……”

遗照

他说不想再当警察的主要原因是：他一直害怕在某种状态下会忍不住开枪打人。

“经过那件事情之后，我才知道自己其实一点也不理智。一个不理智却又随时带着武器的警察，和恐怖分子有什么两样?”他说。“那件事情”是在他辞职之前五个月发生的，不过要把事情说清楚似乎得回溯到二十几年前。

那时候他从云林海口到台北工作已经两年多，那年终于有机会也有能力可以上补校，接续他渴望已久的高中课程。因为他始终记得初中导师曾经讲过，当初中成为基本教育的时候，至少也要念完高中才能在未来比别人多一点优势。

他学校的位置有点奇怪，就在老市区一个早年相当有名的风化区附近，不过，对他工作和生活范围来说却非常便利。因为学校离他上班的地方走路不过二十多分钟，而晚上下课后，走个十来分钟，就可以回到他跟人家一起合租的老公寓。

风化区虽然已经是过去式，但个人揽客的“站壁的”，在那个地方却依然存在，而且相当出名，所以晚上下课之后从学校走回住处的这条路上他已经习惯那样的风景，甚至还经常被问说“少年仔，要不要松一下?”或是类似的言词挑逗。

第一次认识那个站壁的“大姊”，是在一个下雨的夜晚，当没带雨具的他低头跑进暗巷的时候，忽然有人从后头拿伞遮住了他。他说回头的一刹那，他所看到的那张脸，只有两个字可以形容——恐怖!

“大姊”看起来至少六十多岁，脸上的风霜用厚厚的化妆品草草遮住，头发绝对是染过的，但颜色很死，看起来倒像是戴了一顶不合适的假发，缺了几颗门牙的嘴正嚼着热包子，所以一边讲话还一边冒着烟。

她笑笑地说：“这么冷，大姊陪你去浸热水要不要?钱随便算，你有多少就给我多少。”不过，才一刹那，大姊就好像看出他的惊吓和为难，也没等他回答就自嘲地说：“我跟你说笑的啦，和我洗澡……我怕你以后会倒阳。”然后坚持把雨伞借给他，说自己反正都在走廊下，淋不到雨，“雨伞也没多少钱，以后遇到再还我就行。”

后来他们不但遇到了，而且还经常遇到。大姊的生意显然不好，所以每次遇到都会跟他聊天讲话。慢慢地，他似乎都可以拼凑出她的身世和生活状态。

她六十五岁，只比他祖母小两岁，所以有个和他大约同龄的孙子。儿子因为贩毒、偷窃在监狱，媳妇把儿子丢给她跑了。之前她在宾馆当清洁妇，后来身体不好人家不给她做，但是祖孙要生活，孙子念的还是私立学校，很贵，所以只好出来“现世”。

当她慢慢把自称“大姊”改成“阿嬷”之后的某一天，没想到他还真的扮演了一次“孙子”的角色。那天下课回来，他远远看到阿嬷正跟一个警察吵架，也许瞄到他出现，竟然理直气壮地跟警察呛说：“以前让你抓我没话讲，今天是你娘在这里等孙子下课也有罪哦？”

警察看看围观的人群，问他说：“她真的是你祖母？”

他说当时的确稍微犹豫了一下，不过，当看到人缝里阿嬷那么苍凉的身影和脸孔时，竟然非常勇敢地跟警察说：“是啊！那怎样？”

之后那个警察走近他，盯着他看，然后贴着他的耳朵说：“我最讨厌人家骗我，不过，这次我被你骗得心甘情愿。”他说当时那个警察的表情和那一句话，后来竟然成为他决定去念警校非常重要的原因。

他最后一次见到阿嬷也是一个下雨的夜晚，说记得是寒假前，很冷，当他下课走到巷口时，发现很多人围在那里，中间站着那个警察，地上躺着一个人，盖着一件旧被单。在他还没搞清楚状况之前，警察就过来拉他过去，把他的头往下压，然后把被单掀起来强迫他看，说：“来看，是你阿嬷哦？除非之前你骗我！”

真的是她。

染得死黑的头发，粉擦得厚厚的脸，嘴巴张得开开的，连残存的几颗牙齿都看得清楚；不过，让人难忘的却是那双没有闭上的眼睛，他说那种眼神配上张着嘴巴的遗容，让他觉得阿嬷好像在问天上的神明说：“你……怎么给我这种命？”

之后，才听说阿嬷几乎全身都是病，但是药都吃吃停停，邻近一家西药房还说阿嬷常跟他们赊账，赊最多的是止痛药；后来警察告诉他，验尸报告是状况不明的猝死，或许跟那天的低温有关，说是光那天晚上台北市就死了四五个心血管有毛病的老人。

“不过，她一定是最孤单的那一个，因为送她到殡仪馆的只有我、里长和她孙子。”警察说，“她一定很疼那个孙子，把他养得白白胖胖的，像有钱人家里的阿舍。”

也许曾经有过这样的际遇吧，当了警察之后，他说只要抓到卖淫的女人，都会自然而然地想到阿嬷，所以有时候能放的就睁一只眼闭一只眼。

可是……他说时代变了，慢慢地无法说服自己去相信某些出卖身体的年轻女孩都跟阿嬷一样，有着同样深沉且无奈的理由；特别是当他意外地被调来这个当年记忆深刻的街区，在连续破获几个应召站，竟然看到许多已然熟识的脸孔，和那种不仅不在乎甚至还带着揶揄的神情的女孩时，“我也学着不去想，也同情不起来。”他说。

但是，最无法忍受的一次经验是，有一天趁休假，他带着太太到一家餐厅吃饭时，竟然看到前一天才抓到的应召站主持人和那群女孩喧哗地进来，那个主持人一看到他竟然嚣张地过来跟他说：“大人，要不要跟我们并桌一起喝？大家熟识一下，省得以后你抓到流汗，我跟议员的电话则得讲到流涎。”

他说当他看到太太那种茫然又有点惊慌的表情时，他已经告诉自己说:“王八蛋,你最好不要再被我碰到,不然我一定让你的表情跟我太太现在一样。”

后来就是“那件事情”了。

他说原本外头来的线报单纯是贩毒,海洛英四号,可是当他们冲进幽暗、狭小而脏乱的公寓时,看到的却是那个应召站的主持人和几个昏睡的女孩,其中不乏已经熟悉到不行的面孔。

不过,让他愣住的却是墙上挂着的两张放大的照片,一张是陌生的中年男人,另一张就是那个阿嬷!虽然照片里的装扮不同,但他忘不了那个熟悉的眼神。

“这是谁?”他问。

“我阿爸跟我阿嬷啦!怎样?拜拜犯罪哦?”

他说那时候其实他已经忍不住准备打人了,可是,他忽然觉得照片里阿嬷的视线好像停留在她眼前那个光秃秃、没有半支香脚的香炉上,他说就好像冥冥中有谁在导引一般,要他捧下香炉,然后深吸一口气、用力吹掉香灰,而就在薄薄的香灰下塞满的正是一小包一小包已经分装好的白粉。

他把香炉交给同事, 那家伙看着他, 一脸茫然不知所措的表情;接下来,他完全失控地一脚踹倒那个人,然后掏枪顶着那人的太阳穴。他说刹那间现场所有人似乎都呆住了,而那家伙果然跟他太太当天一样,一脸惊吓。

“不过,那畜生倒是连尿都吓出来了,”他说,“从裤裆慢慢流出来,一直流,流到满地都是,流到一屋子尿骚味!”

陈设一个家

小梁去到现场的时候才发现整个事情制片组根本还没搞定，因为才一进门，屋内就传来一个老太太气急败坏的声音说："你给我出去哦！不然我要泼尿哦！"而他才开口说："欧巴桑，我是电视台……"里头就已经飞出来一个玻璃罐子，并且在他脚前碎裂，一阵恶臭也随之飘了过来。

他仓皇地逃到屋外打手机，没想到制片接过电话之后也是一阵破口大骂："你活该！我不是跟美指（美术指导）说过，去之前先找里长吗？蠢！"电话挂断之后，他竟然觉得自己还真的有点蠢，因为被这么一吼之后，他竟然连里长的联络方式都忘了问。

还好这个位在山区的村落不大，走过山路看到远处有人在菜园除草，彼此隔空吼叫两三句之后，小梁就已经找到里长了。里长带着他再度走向那个场景时，小梁才仔细地观察四周的风景。他发现举目所及大部分都是杂草丛生的田地，零落的房舍不是弃置、失修就是大门深锁，完全符合剧本里头所描述的：一个人口外移严重，只剩少数老人独居或相依为命的萧条小村落。

里长跟小梁说他跟制片建议用老太太的家当场景的主要理由是:“你们付一点租金,让老太太口袋里有点钱,必要时可以用……这也是功德一件,你说是不是?”

他说老太太的命运很坎坷,先生早年是矿工,五十多岁的时候肺开始不好,过世的时候六十岁都还不到。儿子是货车司机,很孝顺,没想到几年前却出车祸死了。媳妇领了保险金带着孙子要离开时,村里的人都骂,老太太却反而替媳妇说话,说这样对孙子才好。“去都市把书读高一点,才不会像祖父和爸爸一样,用命换饭吃!”

过去几年老太太都辗转各个建筑工地,帮人家煮三餐赚钱过生活,几年前身体不好之后才回来,现在只靠领政府给的津贴过日子。因为有里长陪同,小梁总算进到那间异味扑鼻的屋子里,见到那个几乎活在杂物堆里的老太太。

她约莫七十多岁,苍白、瘦弱,一头乱发,双腿好像都已经没力了,只能靠着助步的铁架在有限的范围里活动。或许也是这样,她把所有生活必要的工具和她认为有价值的东西全部集中、堆叠在她房间内外,包括瓦斯炉、碗筷锅盆,甚至还突兀地摆着一个专供幼儿使用的那种天鹅造型的便器。

不过,看到小梁时,她倒是和善地笑着跟他道歉,说村子很少听见年轻人的声音,之前有几个年轻人进来她家里,结果“好像都是吃药的……不是来偷就是来抢,连铁门都整个给我拔去”!

里长问她说:“你是用什么武器丢这个少年的?”

“一罐没吃完的酱菜啦,早上要吃的时候才知道都长霉了。”她有点自责地说,“我哦,会被雷公打!”

那天傍晚小梁回到制作组时,几个主要演员正好都来定装,服装、造型、摄影师,还有那些演员们的助理几乎把办公室塞爆。人声鼎沸不打紧,一大堆四季不同的戏服挂得到处都是,小梁刹那间觉得像是再度掉入另一个被杂物包围的空间里。

制片走过来,还没问他场景的状况,倒先惊叫说:“你是掉到厕所里啦?怎么一身尿骚味?”可也没等小梁回话,制片就又被叫走了,因为要演独居残障老人的女演员好像在发飙,小梁听见她在办公室的那头大声说:“这种造型是在糟蹋人吗?拜托哦,你们这样乱搞,我的形象到底还要不要?”

也许被“形象”这两个字给提醒了,小梁忽然觉得那个演员从里到外一点也不像她所要扮演的角色。别的不说,光那张脸就一点也不写实,老太太的脸有生命真实的痕迹,像古迹,而女演员的那张脸任谁都看得出是当年曾经花钱拉皮过,而今却逐渐崩垮的“加速折旧”,像被弃置的人工造景。

几天后,小梁带着布景师傅到现场估价的时候,老太太已经被搬到隔壁村子的一家民宿暂住,而钥匙却还在她身上。民宿的人似乎体贴地帮她梳洗过,加上人在清爽、明亮的房间里,所以比起前几天老太太简直判若两人,此刻的她就如同我们在现实或记忆里所惯见的那个形象鲜明的阿嬷。

她把钥匙交给小梁后,忽然拉起他的手说:“你都没在吃啊?手骨都没肉?”然后便是一长串的唠叨,说以前工地的年轻人也一样,

“顾玩不顾吃”，接着吩咐说她屋子里哪边有一瓮她做的咸菜，“可以拿出来跟三层肉一起煮，要吃的时候热一下就好！”“橱柜第二层有一罐豆腐乳，很好吃哦，早餐可以配稀饭，如果不嫌麻烦的话，可以搅碎，买一些鸡翅一起卤，知不知道？”……

离开民宿之后，阿梁忽然把车子停在路旁哭起来，布景师傅问了好久，阿梁才说他只是想到彰化永靖的阿嬷。小梁说每次回永靖，阿嬷同样也是搬出一堆瓶瓶瓮瓮，非得把后车厢塞满了才罢休，同样也会仔细地交代爸妈说哪一瓶哪一罐是她精心特制的、什么东西煮什么东西好吃。

“可是，”小梁突然拉高声调说，“你知道吗？我爸妈根本不吃那些东西！他们嫌那些东西不健康！都嘛趁年终大扫除时全部扔进垃圾车！这还不要紧，阿嬷打电话来问说什么什么好不好吃的时候，他们竟然还会骗她说：好好吃哦！连朋友跟我们要都舍不得给呢！我觉得……我们真的好贱！你不觉得吗？”

小梁讲完之后，据说车子里一片沉默。

那出戏进行得波波折折，而最大的问题就是那个女演员。除了意见多、姿态高之外，也许太在意自己的“形象”，所以每次化妆都让剧组整个停摆、枯候好几个小时，制片最后不得不痛下决心换人，而且还在众人面前非常沉痛地说：“演艺界最难伺候的就是这种老是活在过去风光岁月的过气演员！”

不过，开拍延宕却反而让小梁逃过一劫，因为依原先的规划，必须在一星期内结束的改景和陈设作业，他竟然花了二十几天才完工。

开拍前夕当制片和美术指导到现场验收的时候，所有人几乎吓了一大跳。

他们发现整个场景根本不只修改、陈设而已，而是近乎永久性的重建和装潢。原本漏水的屋顶被换上了全新的水泥瓦，然后再配合拍摄需要做旧、种青苔。屋里的样子的确照图施工，但看得出用的全是真材实料。更夸张的是连镜头根本带不到的厨房、浴厕也都全部翻新，墙上甚至还装上专供行动不便的人使用的铁架。

当美指看到墙边一个不锈钢的矮架忍不住问“这干吗用?”的时候，小梁的回答是：“阿嬷做了很多好吃的咸菜、豆腐乳什么的，以后就有地方放。”

最后制片说话了，他说：“你怎么高兴、怎么搞我没意见，但是，预算就是预算，你别想给我多报一毛钱。”

据说小梁是这样回答的，他说：“我知道，帮阿嬷陈设一个家的钱……我自己负责。”

沦陷

看景车再也无法前进了，因为积水愈来愈深，前方除了淹在水里的两行电线杆勉强标示可能的方向之外，路面已经完全看不见。

我们爬上土堤放尿，惊讶地发现土堤外竟然是一大片被水淹没的坟墓，只有凸起的坟背露出水面，几只白鹭鸶动也不动地站在早已枯干的木麻黄上，满天的蜻蜓在水面上起伏来去……所有人忽然都失神且沉默地面对眼前这个有点虚幻的画面，只听到司机怯怯地说："这是不是就叫'水眠黄泉下'？"

这时我们听见有人在土堤下用乡音很重的国语说："喂，你们的车让让！"是两个一前一后拉着手推车的老乡，车上堆满了回收杂物。"前面的村子还住人吗？"我们问。

"这不废话！我们不就是？"

几个人挺有默契地帮着他俩推着车往前方的村落前进，其实心里头都承认我们这是"以善心为由行好奇之实"。老乡一边要我们小心看路，以免摔进路边看不见的圳沟，一边说他们的故事。两人原本在附近守海防，几年前退伍之后干脆在这里买了一间旧房子落脚。

“反正村子里大大小小都熟了，有熟人……活着热闹，万一怎样也有人帮忙收尸。”有退伍俸可以过日子，闲着没事时就去拣些破铜烂铁贴补贴补，日子原本过得还挺安适，谁知道两年多前一个台风过后，村子里淹着的水就退不出去了，村民一家接一家往外搬，不是投靠外头的儿女就是另外寻房子住。两人没儿女也没钱另外找房子，只好硬着头皮跟水、跟寂寞为伍继续住。

两个人的家是台湾滨海地区惯见的矮瓦屋，门口堆了一大堆杂物，可是却都堆叠得整整齐齐。我注意到他们开门的动作极其小心，一如电影里的慢动作。

“用力推的话，里头的水会翻腾，万一溅到床铺晚上就甭睡了。”他们说。

门后的住处真是奇景！屋里积水的高度大约到膝盖，所以几乎所有家具都垫到这个高度以上，天花板上更挂着大大小小形形色色的塑胶袋，里头装着各种生活杂物，从衣服到零嘴、香烟什么都有，门一开之后所有袋子就在微风里款摆。

“这样过日子……习惯吗？”我们问。

“久了当然习惯啦，刚开始，侗，还晕船咧！”

“怎么说？”

“就晚上睡不着的时候啊，月亮从窗户照进来，在水里晃着，看着看着，侗，就头晕反胃啦！干了一辈子陆军，没想到这把年纪还得回锅改行当海军陆战队！”

两个人搭搭唱唱，挺像在水上舞台扮双簧。

“以后呢，怎么办？”我们问。

“以后？我们决定开海鲜店！你看，海鲜就养在屋子里，肏他妈，多新鲜！”循着他们手指的方向望去，还真看得到几条约莫两三寸长的小鱼就在我们的脚边自在地游着。

老乡硬要我们一起包水饺吃中饭，吃着吃着打开电视说要看午间新闻，这时我们才发现小小的屋子里竟然有两部和房子的格局完全不对称的大电视。

“捡来的。”他们说。

新闻画面里当时的“行政院”郝先生正表情激动地讲着话，可是我们却发现他怎么说起闽南话了？说：“日也钻、夜也钻，真累！来！这罐×××给它喝落去……”

“唉唉唉，他妈的搞错了！”老乡一边慢慢移步过去调电视一边喃喃地骂，原来捡来的那两部电视一部有画面没声音，一部是有声音没画面，这会儿画面转在华视新闻，而有声音的那部却在台视“天天开心”的广告时段里。

饭后看得出他们两个都有睡意，于是告辞离开；或许是当时上班的电影公司名称让他们误以为我们来自“中央”吧，走着走着，忽然听见老乡之一远远朝我们喊着，说：“……记得跟上头的人讲啊，说台湾快沦陷啦！他妈的都已经沦陷到膝盖啦！不救就来不及啦！”

这是约莫二十年前中部沿海的某地，二十年后村子还在，只是不知道到底是那地方终于不再沦陷了，或是垫高的速度比陷落的快？

笑容

后来那群人都老了，也都病了。

三四十年的矿工生涯之后，他们陆续得了矽肺症；咳嗽、哮喘，长期激烈劳动锻炼出来的筋肉慢慢萎缩，脸颊凹陷、肤色灰白、两眼无神，终日内衣、睡裤一件，窝在家里某个角落的躺椅上，鼻孔塞着氧气管，像受伤的动物一般，动也不动，呼吸艰难之下甚至连话都懒得讲。

天气比较好的时候，他们偶尔会拖着小氧气瓶，以有如电影慢动作一般的脚步逐一走出家门，在巷尾的电线杆下聚集。儿孙们会习惯地帮他们张罗矮凳、矮桌，并且架起一支大阳伞，然后他们就在伞下沉默地玩着四色牌，旁观的人会依照阳光的角度调整阳伞。当阳伞和地面呈九十度直立的状态时，他们会回家吃午饭，之后再度继续，直到阳光消失。

抽烟是他们一辈子的嗜好，身体既然到了这种地步，更没人觉得有戒掉的必要，所以每隔一段时间，他们就会有默契地一起关掉氧气，各自点起烟，有一口没一口地抽。

往昔经常被他们粗声粗气地叫唤、咒骂的太太们好像终于等到可以报复的时机，每次只要看他们掏出香烟时就会大声吼着在巷子里玩耍的孙子，说："离卡远一点啊，你阿公不怕氧气爆炸存心要死，你们可不要傻傻地跟着陪葬！"或者故意闲闲地说："抽吧，抽吧，抽死总比死了没得抽快活！"

他们始终沉默，不知道是没力气，还是根本连回嘴的意识和动机都没有。

他们最后一次展现昔日的骂劲是有一天警察冲进巷子，说他们是"公开聚赌"，硬要带去分局拘留；听说他们把氧气管一拔，仿佛要把压抑了好长一段时间的怒气都全部宣泄出来似的，台式、日式的咒骂接连不断，然后说："大尾的你不抓，抓这几个加起来将近三百岁，赌资总共才两百八十元的人……你抓什么意思？是要抓我们回去干你娘是不是？"

没想到后来太太们提起这件事时，却都带着些许的哀怜，她们说："可怜哦，才刚骂完，一个个都忙着抓起氧气用力吸，一个个都喘得像条狗。"

那年冬天，他们都陆续住进医院，加护病房和普通病房来去替换，可是没有人有可以期待的出院日期。

有一天一个三十来岁的儿子去医院看父亲，两人无语，后来他问父亲说："有没有想吃什么？"

父亲说："……可以现吃现死、现超生的东西！"

儿子想了一下，在父亲的耳边说了什么，没想到父亲的嘴角竟然微微上扬，慢慢起身拉掉氧气管，然后朝其他人说：“起来吧，不要再躺了，我儿子要带我们去楼顶晒太阳！”然后有点顽皮地跟他们做了一个手势。

父亲领头，后面跟了六七个人，他殿后照顾，一群人走一步、停一步。

那天的阳光灿烂、温暖，天空和远处的海都蓝得发亮。

儿子掏出香烟，为他们一一点上。儿子感觉像犯罪，但当看到他们深深地吸了一口，脸上逐渐出现和躺在病床上截然不同的神情时，他似乎已经不管那么多了。

年轻的护士捧着药盘忽然出现在楼梯口，不可置信地看着这群人。儿子怕她可能的训斥打断了他们的快乐，于是用他们绝对听不懂的英文跟她说：“就让他们快乐一下吧，请忘记你所看到的。”

儿子无法忘记的是，他看到父亲赶紧把香烟捏熄，手往背后藏，而脸上却出现久违的笑容，那笑容就跟当年自己好奇偷抽烟，却被父亲当场活逮时一模一样。刹那间，儿子觉得自己和父亲竟然如此亲近，仿佛曾经一体。

后来，这些人就在医院里一个接一个离开，没有人再回过家来。

记忆·吴念真别册

SPECIAL BOOKLET

凤凰出版传媒集团
译林出版社

人生选择什么就必须承受什么、得到什么就会失去什么，这道理到了这样的年纪几乎已没有什么疑惑的余地，只是在日复一日一如川剧“变脸”般不停转换的角色扮演中，“自己”这个角色反而少有上戏的机会，除了午夜场；而在几乎无声也无观众的演出过程里，和“自己”对戏的另一个唯一的角色就叫“回忆”。

11月11日隆重上映
海灘的一天
編劇的話
演員的話
榮獲金馬獎三項提名
代表參加亞太影展

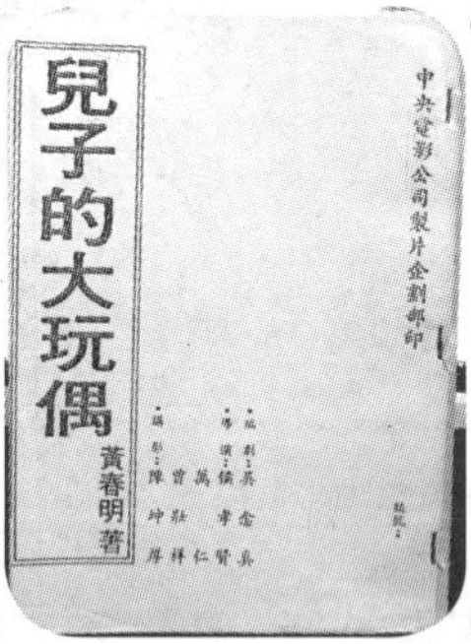
兒子的大玩偶
黃春明著
中央電影公司製片企劃部印

山東大餅

多桑
A BORROWED LIFE

NATIONAL TEAM

THE CRITERION COLLE
YI
YI
A FILM BY EDWARD YANG

Produced by Hou Hsiao Hsien · Written and Directed by Wu Nien Jen
A BORROWED LIFE

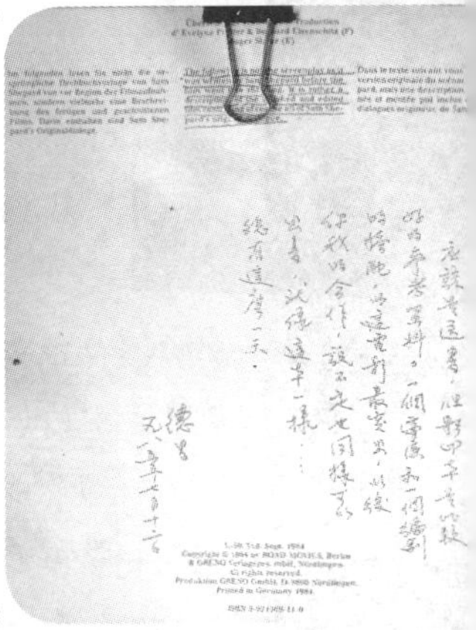

THAT DAY, ON THE BEACH
海灘的一天

吴念真，本名吴文钦，台湾知名导演、作家、编剧、演员、主持人。1952年出生于台北县瑞芳镇，因初恋女友叫阿真而取笔名吴念真，意思是“不要再挂念阿真”。1976年考入辅仁大学夜间部，主修会计学，开始从事小说创作。大部分以中下层人们的生活为背景，连续三年获得联合报小说奖。

1977年，吴念真开始接触剧本创作。第一个剧本《香火》即引起“中央电影公司”总经理明骥注意，此后受邀进入“中影”担任编审，其间与时任企划部副经理的作家小野结识成为好友，一起合作推动台湾新浪潮电影运动，参与了《海滩的一天》《儿子的大玩偶》《恋恋风尘》《无言的山丘》《悲情城市》等多部重要电影作品。

吴念真近年来在舞台剧方面表现活跃，由他编剧执导的《人间条件》四个系列每次上演都反响热烈，而他自己担当主角的广告也颇受欢迎，其乡土草根和诚恳诉求的形象令人记忆深刻。

目前，这位“最受欢迎的欧吉桑”担任着吴念真影像文化事业股份有限公司董事长及大象影片制作有限公司董事长，并为台北艺术大学电影创作研究所之兼任教师。忙碌的念真还参与了“纸风车319乡村儿童艺术工程”，和众多艺术人士一起，走遍全台湾319个乡镇，演戏给小孩子看。

目录

印象
Impression

一个不要当杰出青年的人

文·小野

资料图片

天底下最冤枉的事，莫过于你和一个朋友常被别人搞错，而偏偏你又觉得自己长得比另外一个人帅。

我和念真便是这样的一对朋友。

最糗的，当然是我们其中之一遇到了某位陌生朋友，先是对你称赞恭维一番，甚至聊了很久之后，才发现是搞错了对象。

当然也有很方便的时候。例如他和别人约会，忘了赴约，便会打通电话给我说——你代替一下吧。我没有拒绝的权力，也就凑合着去赴约了。当然，他也替我干过一些包括演讲之类的事。这些事干久了，心里会有不平衡与挫折。例如有一次他替我去某大学演讲，底下听说来的是他不是我，有些人便毫不留情地起立走掉了，使他信心大失，回来把我臭骂了一顿以泄恨。

不过，我也有过相同的经验：一个女孩用非常崇拜的口吻捧着书冲向我要求签名，我看着她手中的书名是《抓住一个春天》，我把心一横，好人做到底了，大笔一挥：“吴念真”。

会被别人搞错的主要原因是，这些年我们的名字经常同时出现在一些媒体上，一起被归成同一类，好像永远他做的事，我都有份；而我的事也少不了他。

也因为这样，才会有了那一年“杰出青年”的闹剧。

一九八八年的六月十三日，我接到林怀民电话，在问了我和念真的生辰年月日后，他丢下一句话：“你和念真都还有资格报名十大杰出青年，你们两个人猜拳，输的参加吧？”

已近不惑之年的我们，还算青年吗？

林怀民的理由是善意的，他认为电影工作者为这个社会干了不少事，可是并没有得到应得的地位。也因为他的善意，我便在电话这端一口答应：“好吧，那就推荐吴念真吧，他人在意大利参加贝沙洛影展，要陷害他，就要趁这时候。”

由于第二天我也要去意大利，所以只剩下半天时间来替他填写所有表格，包括祖宗八代身家调查及一些自传、优良事绩等。

慌忙中，我打了电话给念真的妻子阿瑞，要她送照片及一些资料。阿瑞立刻开车载着儿子赶到公司，把一叠头发长得像通缉犯的照片交给我，我们都笑了：“这哪里会像十大杰出青年？”

为了节省时间，我找出一篇我写的文章，正好是描写吴念真的，把其中“他”字改成“我”字，急就章地完成了一篇很奇怪的三千字自传。其中包含很多这样吹嘘膨胀的文字：

“许多文坛先进对我未来创作的延伸性及可能性几乎是肯定的——在同辈年轻作家中，我是相当耀眼的一个。”

“在当时中影公司的环境，我算是一个相当强烈的异类，那样敏锐、悲悯、关怀、真挚的一个年轻作家。”

“也许就是借着我过去一贯从生活中磨练出来的韧性吧，在许多不顺利、不称心的工作中，我仍然脱颖而出……”

我一边修改，一边笑，心想：这下吴念真要被我出卖得彻底了！

我忘了在优良事绩及推荐理由上写了什么，因为印象中的十大杰出青年好像都必须是圣人再世，赚来的钱一定要捐作基金，品德高尚不能讲三字经，最好童年贫苦靠着自己奋斗，清清白白……总之，要找杰出理由，念真还真是不少的，例如他是矿工之子，每天走一个半小时的路去念小学；为了讨生活，念完基隆中学便到台北找工作，送过报纸，当过酱菜学徒，在私人诊所包药、扫地，在办公室当工友，替老板娘儿子送便当——反正，《恋恋风尘》里面那个受气包的少年就是他。

反正，写得越卑微可怜，当选十大杰出青年的机会就越多，于是我就猛写猛抄。

当然，属于念真表现最杰出的部分，我却省略了。那就是他对于他所出生成长的社会环境的敏锐观察及强烈的批评——而那些批评都出自关怀，可是通常会被一些有“洁癖”的人归类为是“挖掘社会黑暗面”。 我省略了这些真正杰出的一部分，其实潜在的是一种对选拔十大杰出青年过程及标准的彻底怀疑。

填完了表格，写完自传及推荐理由，就用限时挂号寄给林怀民。

第二天，我也去了意大利。

在意大利遇到了念真，我甚至忘了告诉他我做了这样一件糗事。因为如果被他知道，他一定火冒三丈的。

在意大利东岸的古城贝沙洛，我们这些年所努力的所谓新浪潮电影，正和苏联及葡萄牙的电影并列为这次研讨会的三个重点。来自全世界七百位影评人及记者都集合在这个美丽的城市讨论来自中国台湾的二十多部新电影。

这应该是我们很骄傲的一刻，但我们很少去谈这些。我和念真在贝沙洛的街道散步时，我们的话题都是如何给小孩买一双很有特色的皮鞋，或者一辆意大利玩具车，一把玩具枪……

我们不再是青年了，我想。

从意大利回来之后，念真打电话给林怀民，要求取消十大杰出青年的申请，理由是太恶心了一点吧。林怀民同意撤回所有表格，就这样，结束了闹剧一场。

这些年来，念真写了许多电影剧本，并且他写的电影经常还很卖座，但是他的小说并没有像电影那样“畅销”，倒是最令他自卑的地方。于是他常常会自言自语地对着自己说：“咦，其实我的小说也有人买哩，你看，《抓住一个春天》都发行十年了，每年都还有人买，不错呢，你看，还不错哩。”

一九七六年九月，念真考入辅仁大学夜间部会计系就读，白天在台北市立疗养院工作，开始有作品在联合报副刊发表。当时的我，比他大一岁，已经念完大学在龙岗当预官排长，而且已经厚着脸皮出版了两本还算畅销的小说集了。

我们彼此不认识，直到第二年二月，共同在骆学良先生的鼓励下，我们和联合报签约为“特约撰述”，每个月支领新台币五千元，被“逼着”写小说。

就在同一年的九月，联合报第二届小说奖揭晓，我和念真都得了奖，我第一，他第三。（这是在许多竞赛中我少数能赢他的记录，所以一辈子不会忘记。）当然更不会忘记的，便是在颁奖典礼上，我终于见到了这位精瘦略黑，神态羞涩保守，但眼光却坚毅诚实的家伙。见到我，他的第一句话便是：“喂，我不能接受你的《蛹之王》，《试管蜘蛛》还不错啦。”

记得那年坐在领奖位子上的人，后来大家都成了朋友，至今还有联络，除了车祸意外死亡的洪醒夫。

后来念真的小说，像《白鸡记》、《是的，哈姆雷特先生》、《白鹤展翅》在每一年都得奖，一直写到一九八一年的《悲剧脚本》，吴念真的构想已经不再用白底黑字发表了，而一部一部变成了电影。他服务、娱乐了更多的观众，喜爱他小说的读者只有买一张电影票走进电影院看那些“吴念真式”的“社会批评”及“乡土关怀”电影，当然这其中因有不少导演处理、演员表演及老板想要票房的妥协……等，已经不完全能代表“吴念真”了。

每回有人要批评吴念真的电影不如小说来得纯粹时，我都会忍不住为他叫屈，回敬一句：“有哪个作家转行成编剧，能比他干得更好的？不妥协的？”

写小说的这几年，我们彼此的了解真的就只来自小说。我们彼此读对方的小说，不服气的放在心里，赞美的也只在背后说。永远记得一九七九年我赴美念书时，收到骆学良先生的一封信，信中剪下别人写给他而提到我的一句话，大概是称赞我在那么多写作者中还算是诚恳……之类的。我看那段被剪下来的信的字迹很像是念真的，一直到现在，事隔快十年了，都没有向他求证，因为我猜想，就是他吧，也就这样一直“认为”了。

没想到后来，我们不但成了同事，共享一张办公桌，共享一只相同号码的电话，更变成别人心目中分不清楚彼此的好朋友。

其实念真从头到尾都是一个很好玩的人。有时看他在一群朋友面前吹嘘那些我听过N次的笑话还能口沫横飞面红耳赤时，我只有蹲在角落偷笑。有时他会人来疯地勇敢撕去害羞内向的外表，浑身上下扭动地逗大家乐。当然更好玩的是他有时会忽然用很严肃的口吻在众人面前说着一些很诚实的话，好像要哭的样子——他妈的，你会觉得他真正脆弱得可以了。

吴念真有他独特的魅力——这是一个漂亮女孩亲口对我说的，也是我至今不服气的。不过，有许多朋友不远千里要去他在台北小城的家造访，有些人是去逼剧本的，有些人是去请教宣传文案的，有些人是去抒发一下情绪的，也有些人只是去找他游泳玩耍喝酒的。吴念真的确有许多三教九流的朋友，他经常是他们之间的意见领袖——因为他说话煽情而夸张，这点是我必须要重复强调的。

没错，他的新书也还是很煽情，可就像有读者说的那样：“我最反对煽情，可每次看他的东西就是要哭。”

（此文是小野为吴念真《特别的一天》所作之序，在此发表时有删改。）

018

最真的吴念真

文·大鲁

认识吴念真导演，纯属意外。

原来，只是在网络上用邮件往来的单纯朋友。

聊到最后，竟是在吴导演家中的餐桌上，啜饮威士忌，成为忘年之交。

他知道我的职业是摄影记者，破例地让我进入舞台剧排练的现场、后台，给我极大的特权让我放肆地用镜头记录舞台上的演员、道具、布景与吴念真导演本人。

我镜头下的吴念真导演，就如同他的名字：真。

在影像与现实生活中，吴导演表现出来的，就是真！

与其说我拍得好，倒不如说，我只是忠实记录吴导演的真性情，以及很真实、最认真的人间舞台。

这些剧本都是出自吴念真，但很多人一定不相信，他每每在侧台看着演员演出，听着出色的演员读着台词时，都会感动地流下男人泪，这是他的真性情。

谢幕出场时，吴念真导演总是先向所有演员们深深地 90 度鞠躬，再回身

向所有观众再度深深鞠躬。

吴念真导演说，一出舞台剧的成功因素，不外乎是杰出的演员与买票入场看戏的观众。

他不居功，他把光环全部献给演员与观众。

吴念真的舞台剧之所以成功，是他写出了台湾人物的“真”。看他的舞台剧，就像看到自己和身旁亲朋好友每天都在真实上演的故事。

认识吴念真导演五六年，除了他编导的人间条件系列舞台剧，他还带着我认识319乡村儿童艺术工程。这是由他与一群有志人文艺术的同好，发起“艺术下乡”的活动，这项活动不拿政府的补助金额，完全倚赖民间善良而主动的募资，将儿童剧带到全台湾319个乡镇，免费演出给当地居民欣赏，其最大目的是让乡下的孩子也能享有与城市孩子一样的艺术熏陶。

这项工程之浩大，在于各乡镇的演出舞台、灯光、音响，完全比照台北市“国家戏剧院”的规格，一点都不缩水，光是舞台与布景的运送就耗费人力、物力与财力。

但这工程的信念就是：城市的孩子看到什么，远处乡镇的小孩就可以看到什么。

吴念真导演身为319工程的发起人之一，他要主持演出的开场白，这五年多来，只要他有空，再怎么偏远的乡镇都可以看到他的身影。

吴念真导演执导的广告片，更是企业主的最爱。他总是用平易近人的方式，让广告不再只是广告，而是感动，甚至发人深省的感触。他拍摄的广告，都成功地替业者带来长红的销售成绩。

吴念真导演曾说，他最爱阅读与文字创作。

他每天大量阅读与书写，一年多来创作数十篇文章集结成书《这些人，那些事》。

阅读这本书的每位读者，几乎都会情不自禁地流泪，因为这本书不仅让读者看到了吴念真本人的人生故事，也回忆起自己曾经走过的那些或喜或悲、或甜或苦的人生滋味。这些人、那些事，原来我们都曾经遇过，只是在不同的时空交汇出不同的火花。

吴念真出版这本书后，在圆神出版社的安排下，带了八十位读者重游吴导演的故乡——猴硐。

其实，吴念真导演的弟弟在故乡山顶自杀后，他已经有五年不再回到猴硐。因为他不想再触景伤情。

我记得那天细雨、雾浓，在参访行程中的空当，他远离所有人，静静地走在通往故乡的小径，望着远方，深吸了几口烟。

透过长镜头，我看着他，早已分不清他脸上的湿度是泪水或是雨水，也看不清他唇畔的烟雾，来自吐出的香烟或是袅袅的薄雾。

吴念真导演收拾情绪后，告诉陪他回乡的所有读者说：是你们让我有勇气再度回到这里，谢谢你们。

这就是吴念真。

资料图片

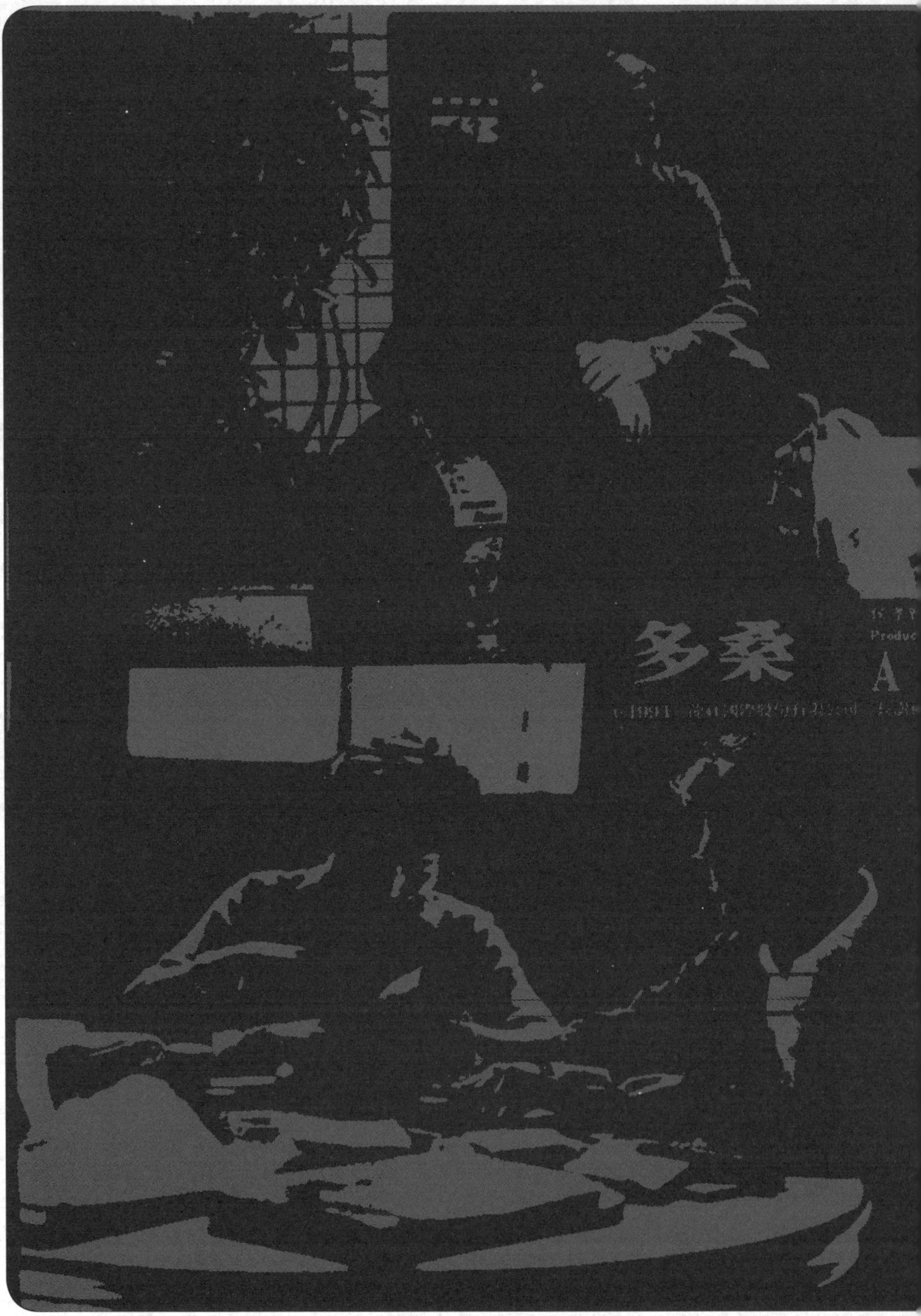

多桑
Produc
A

光影
Lens

吴念真眼中的父亲——东京初雪 多桑无语

文 · 卫西谛

缓慢的镜头

电影的地点是台湾省的九份，一个以煤矿养活本土人民的小乡镇。主角多桑（日语父亲），是当地一个有情有义也有各种癖好的汉子。时长两小时四十七分钟，侯孝贤是监制，让他剪短点，吴念真说，怎么你的《悲情城市》那么长。结果，这个电影上来就显得极为缓慢，比侯孝贤还慢。

吴念真说，侯孝贤其实就是开机来了一下，看看色调什么的，后来就不管了。但是，我看下来觉得也的确像侯孝贤，这可能是两个人合作久了，电影观念和技术上有互通。但是这个电影比侯孝贤还要“素”。“素”的意思是，好像还要片段化，还要没有戏剧性，只讲场面里的气氛；但是视角有一点点不同，吴念真更切身一点，到底是自家的事；侯孝贤拍的话会离得远一些。

资料图片

历史的孤儿

多桑是这样一个人：从小受到日本的殖民教育，根深蒂固。所以这一生，有人问他多大了，他都回答，“我是昭和四年生的”。这一生，他都要去日本的皇宫和富士山看看。

吴念真讲父亲那代人就是“历史的孤儿”，他拍《多桑》也不是单单为了纪念死去的父亲，也是要拍那一代人，不被理解的、沉默的一代人。片尾，多桑死后，儿子出差去日本，带上他的骨灰。字幕静静写道：是日，东京初雪，多桑无语。

其实，多桑也风流过、开心过，也郁闷过、愤怒过，也爱管闲事，路见不平，大吵大闹。多桑最愤懑时会在家骂上一句：恶妻孽子无法可教。但“无语”二字好像又正好形容他面对历史、面对自己的一生的神情。吴念真谈到拍这个电影的缘起时，提到童年时的一个画面，说“父亲抽着烟望着远处发呆，忽然，

资料图片

我听见他喃喃地说，‘就像一只鸟仔飞入笼……！’然后没有下文，直到下山回家也没有第二句话。”“就像一只鸟仔飞入笼……”这句话出现在电影里，有着特别的地位，大概就是这个电影映照多桑人生的题旨。

我们的父亲

抛开台湾岛上那代生活在历史缝隙里的人，回头想想，华语电影的父亲形象还真的没有太多给我很大冲击的。以前看《童年往事》，里面的父亲和子女都不太亲近，很严肃，虽然一闪而过，但那个让我觉得好像自己的家庭，我这个年纪的同学和父亲的关系差不多都是这样。

人要到了三十多岁，才慢慢开始琢磨上一代人的心思，会站在他们那边想，有时候暗暗分析分析他们年轻的时候怎么过来的，为什么会有这种性格和脾气，他们的欢喜和恐惧是什么。年轻的时候，当然是一味的反叛，即使是顺从，也

是很压抑的。所以，用儿子的视角来拍父亲，其实还是蛮难的。

李安的《父亲三部曲》，我当时也很喜欢，不过虽然郎雄老先生的父亲形象演得很活，但大体上来讲，那是个文化形象。中国父亲的一个文化形象，是那个样子的，但好像还不够具体似的。内地的电影，更少让人动容的父亲形象，

父亲太威权，还必须要维护那种尊严（《多桑》里面的父亲吃喝嫖赌的场面更无法想象），对时代的回忆更是只限淡淡忧愁，不能彻底追讨。

所以，《多桑》从一定程度上是一个难得的启示，让我看到儿子是怎么看待父亲的，父亲的经历对儿子的生命又意味着什么。

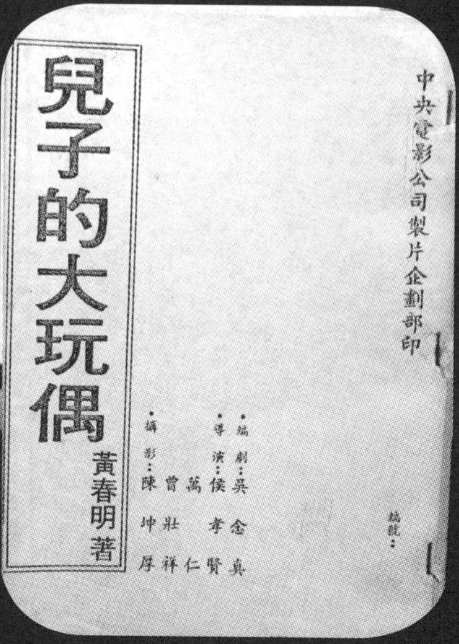
兒子的大玩偶
黃春明著
中央電影公司製片企劃部印
編劇：吳念真
導演：侯孝賢
萬仁
曾壯祥
攝影：陳坤厚
編號：

THAT DAY, ON THE BEACH
海灘的一天

11月11日隆重上映
海灘的一天
That Day, On The Beach
編劇的話
演員的話
省視自己的生命歷程
深沈的共鳴
一面自省的鏡子
找到自己的影子
我演了我自己
建議
請於11月11日起，走進中國、皇后戲大院線戲院，以您卓越的眼光，來驗證事實。
榮獲金馬獎三項提名
最佳劇情片・最佳導演・最佳原著劇本
代表參加亞太影展
導演 楊德昌 主演 張艾嘉 客串主演 胡茵夢
主演
徐明・李烈・毛學維・左鳴翔・吳少剛・顏鳳嬌

资料图片

导演

1994 《多桑》，意大利都灵影展最佳影片奖

1996 《太平·天国》，意大利威尼斯影展正式竞赛片

2001 《人间条件 1：满足心中缺憾的幸福快感 》（舞台剧）

2004 《阿祖的儿子》（纪录片）

2006 《人间条件 2：她和她生命中的男人们》（舞台剧）

2007 《天光》（纪录片）

2008 《人间条件 3：台北上午零时》（舞台剧）

2009 《人间条件 4：一样的月光》（舞台剧）

演出

1985 《青梅竹马》

1989 《悲情城市》

1996 《太平·天国》

2001 《一一》

2007 《练习曲》

奖项

曾五次获得金马奖最佳编剧，人称“吴金马”。

1981 《同班同学》，第八届金马奖最佳原著剧本

1984 《老莫的第二个春天》，第二十一届金马奖最佳原著剧本

1986 《父子关系》，第二十三届金马奖最佳改编剧本

1990 《客途秋恨》，第二十七届金马奖最佳原著剧本、亚太影展最佳剧本

1992《无言的山丘》，第二十九届金马奖最佳原著剧本、亚太影展最佳编剧奖

凭借《海滩的一天》《儿子的大玩偶》《芳草碧连天》《海峡两岸》《悲情城市》《多桑》等，七获金马奖最佳剧本奖提名。

其他

1987 《桂花巷》，第24届金马奖最佳电影插曲（陈扬，吴念真）

1993 《戏棚脚》，第5届金曲奖最佳方言作词人奖

2006　主持公共电视《这些人、那些人》，第41届电视金钟奖最佳资讯节目类主持人。

回音
Echo

我把你的电影札记当药或者睡眠，常常犒赏自己一下。这本书，我带到日内瓦，又带到北京，上两个星期又温习一次，虽然已经熟透。非常喜欢，这样透明诚恳的灵魂。读着你，看你的电影,真的是结结实实面对生活，沉浸在那些最好的部分里。非常感谢你。作为一个长年在外流浪的宜兰人，听到你抓闽南话的神髓，抓得那么豪放又精准，我就会“喉咙一直满起来。”**（任西真）**

吴先生，初次知道你是在侯孝贤导演的《恋恋风尘》，但对你建立起深刻印象还是在看完杨德昌的《一一》之后，很长一段时间里以为你现实中也像沉默寡言的电机男NJ，所以看到你的访谈时才吓了一跳，原来“NJ”还蛮能说的嘛。

上个月终于看了你的作品《多桑》——第一次听说却无缘相见的三年后。然后又拜读了你为此所写的一些文章，《多桑》的画面一幕幕地在我脑海中浮现，交汇。我想这样的一部作品，是对曾经活在这世上之人的莫大敬意，也是对还在人生中漂泊之人的莫大安慰。**（aone_atwo）**

资料图片

在《一一》里喜欢上吴念真，总觉得他的身上散发着一种关于人性的魅力，生活的睿智。这是在生活中得到的，而非演技所能表现的，那么快，就让我倍感亲切。看了根据他的自身经历而改编的《恋恋风尘》，弥漫在影片中的感觉，淡然而真实，就像是生活。**（望）**

分不清，他是在演别人的戏，自己的剧，还是本就活在那场故事中。这个男人的目光，深而闪光，没有丝毫矫情的忧郁。他是个圣人，同时也是个孩子。**（紫茉）**

仿佛不是他在说故事，而是故事找上他，一个个在他脑子里停驻不走，必须要他输出到笔端去。而那些文章，电影，人物，情节……看过之后，最终的感触仍旧是：人大于一切。不论是那些文字与影像中的人，还是故事背后那个书写讲述的人，都远远大于文字与影像本身。

真高兴，跟这样一个人生活在同一个时代的同一个世界上。**（苏瑛）**

资料图片

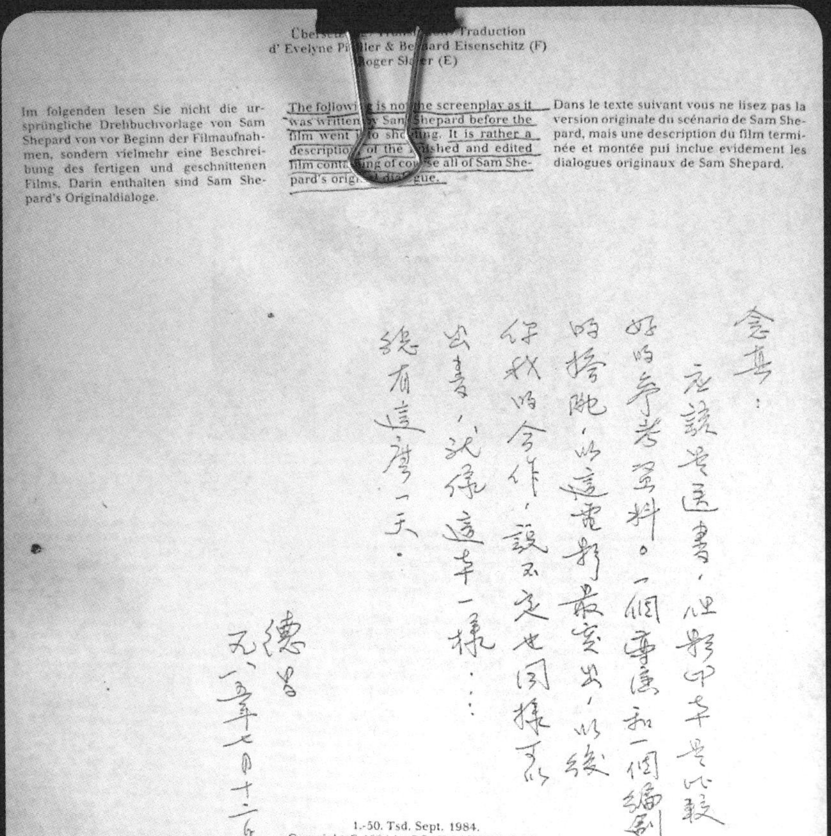

Übersetzung · Translation · Traduction
d' Evelyne Pieiller & Bernard Eisenschitz (F)
Roger Slater (E)

Im folgenden lesen Sie nicht die ursprüngliche Drehbuchvorlage von Sam Shepard von vor Beginn der Filmaufnahmen, sondern vielmehr eine Beschreibung des fertigen und geschnittenen Films. Darin enthalten sind Sam Shepard's Originaldialoge.

The following is not the screenplay as it was written by Sam Shepard before the film went into shooting. It is rather a description of the finished and edited film containing of course all of Sam Shepard's original dialogue.

Dans le texte suivant vous ne lisez pas la version originale du scénario de Sam Shepard, mais une description du film terminée et montée pui inclue evidement les dialogues originaux de Sam Shepard.

念真：

應該買原書，但影印本是比較好的參考資料。一個導演和一個編劇的搭配，以這電影最實在，以後你我的合作，說不定也同樣可以出書，就像這本一樣……總有這麼一天。

德昌
九一年七月十六

1.-50. Tsd. Sept. 1984.

Produktion GRENO GmbH, D-8860 Nördlingen.
Printed in Germany 1984.

ISBN 3-921568-11-0

资料图片

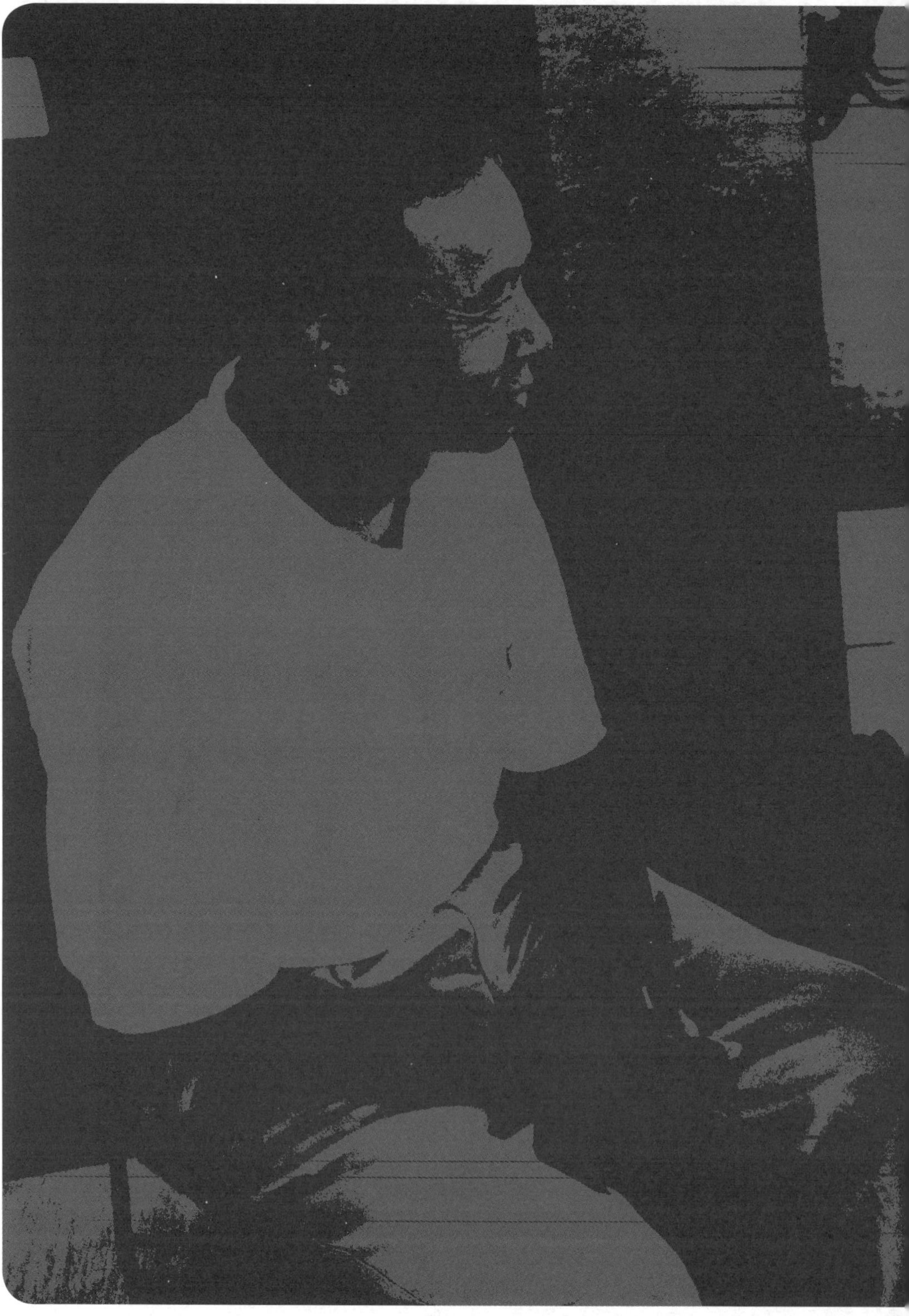

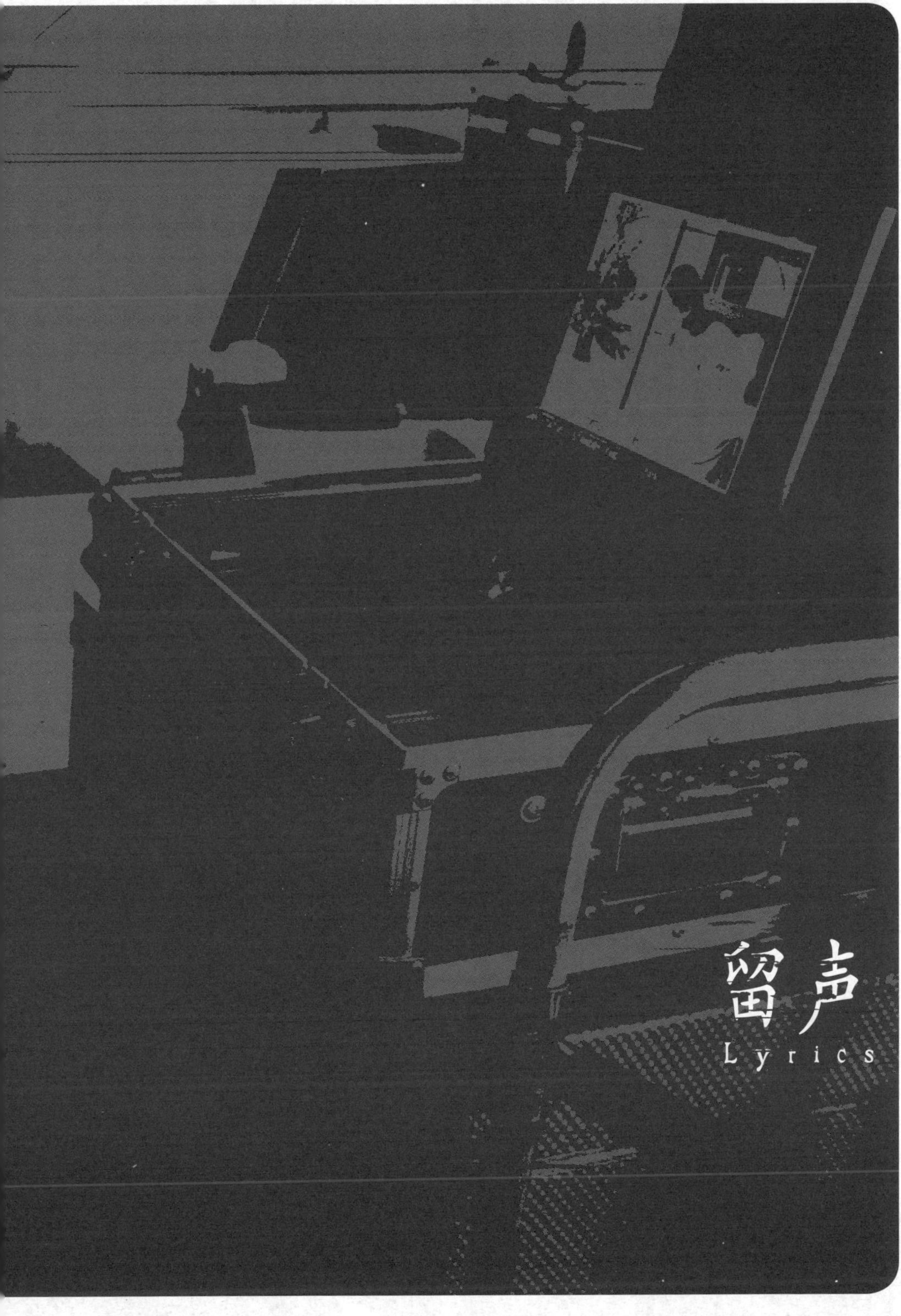
留声
Lyrics

一样的月光

什么时候儿时玩伴都离我远去
什么时候身旁的人已不再熟悉
人潮的拥挤 拉开了我们的距离
沉寂的大地 在静静的夜晚默默的哭泣

什么时候哇鸣蝉声都成了记忆
什么时候家乡变得如此的拥挤
高楼大厦 到处耸立
七彩霓虹把夜空染得如此的俗气

谁能告诉我 谁能告诉我
是我们改变了世界
还是世界改变了我和你
谁能告诉我 谁能告诉我
是我们改变了世界
还是世界改变了我和你

一样的月光 一样的照着新店溪
一样的冬天 一样的下着冰冷的雨
一样的尘埃 一样的在风中堆积
一样的笑容 一样的泪水
一样的日子 一样的我和你
一样的笑容 一样的泪水
一样的日子 一样的我和你

异乡的旅店，失眠的清晨，远方悠悠响起火车的汽笛
沉寂的冬夜，晚醉乍醒之际，冷月下风铃声韵凄凄
微雨的城市，塞车的黄昏，风里断续传来熟悉的旋律
搬家的前夕，惆怅的情绪，孤独翻阅着零散发黄的日记
拥挤的人群，陌生的少女，似曾相识的面容，拍醒青春的记忆
动人的电影，暗暗的角落，一个愁悒的女子，眼里泪光闪烁
颓丧的日子，午夜的街头，卡拉 OK 的男人，咽哑的喊着他们的歌
忙绿的工作，失神的片刻，电话那头往日的恋人“生日快乐”
那是九月的午后

桂花巷

想我一生的运命 亲像风吹打断线
随风浮沉没依偎 这山飘浪过彼山
一旦落土低头看 只存枝骨身已烂
啊……只存枝骨身已烂

花朵较坏嘛开一次 偏偏春风等袂来
只要根头还原在 不怕枝叶受风台
谁知花 等人采 已经霜降日落西
啊……已经霜降日落西

风吹身躯桂花命 若来想起心就痛
恩怨如烟皆当散 祸福当作天注定
往事何必越头看 把他当作梦一般
啊……把他当作梦一般

后记

Postscript

《麦克阿瑟回忆录》里说；“回忆是奇美的，因为有微笑的抚慰，也有泪水的滋润。”当吴念真，这个台湾电影的灵魂，“全台湾最会说故事的人”，写下心底最挂念的家人、日夜惦记的家乡、一辈子搏真情的朋友，以及台湾各个角落里最真实的感动时，那些充满怨怼的生命曲折，在后来好像都成了能量。当我们作为读者，透过字里行间，看到跃然在眼前的小人物，看到那些时代的真实缩影，也不由得笑泪交织……如吴导所言：

我只能说：在人生的过程里何其有幸与你们相遇，或辗转知道你们的故事；记得你们、记得那些事，是因为在不知不觉中这一切都已成了生命的刻痕，甚至是生命的一部分。

只是……你们也还记得我吗？

这本《这些人，那些事》在台湾上市以来，受到读者疯狂追捧，短短几个月加印到了八万册。有读者说：“我最反对煽情。可每次看他的东西就是要哭。”积累了多年、珍藏了多年的文集，朴素又恣意的情感，喷薄出了无法预知的生命能量与心灵启发。母亲在念真的婚礼上，穿着一辈子没穿过几次的旗袍和高跟鞋坚持跪拜一百下，以谢神明保佑“像我这样的妈妈，也可以养出一个大学毕业的孩子”；那个神算子一样的相命师缓缓道出一切皆属必然；跑片小弟领着一群孩子在海边，把影片拉得长长的，一边跑一边对着阳光看；暗生情愫的技工和中学女生在公车上面对面，各自沉默地吃着面包；更有给念真带来屈辱又为他做面子的弟弟，写遗书说“你要照顾家里，辛苦你了，不过，当你的弟弟妹妹，也很辛苦”。都是再普通不过的人，再平常不过的日子，那些静静流淌的命运却唤醒了我们沉睡的记忆。编辑《这些人，那些事》的过程里，“自己”在“回忆”的导引下经常意外地与被遗忘多时的另一个“自己”重逢了，一如梦境与梦境的连结，无边无际。

编完书，心里很亲近，那些小弟和小妹，老兵或女孩，仿佛就在身边，经历着生命中的惊喜与惶恐，一如每天日升日落。想到那么多被吴导编剧的《恋恋风尘》《悲情城市》打动的文艺读者，就起了请念真老师来大陆的念头。于是写邮件给他，说明译林社想做读者见面会云云。其实，在媒体采访吴导的时候，他已经告知简体版将由译林社推出。令人开心的是，吴导没几天就回信了，就像老友一样，他说，“花了经费买这本书的版权，像我这样一个并没有什么知名度的作者，对译林社来说，真的是一种冒险吧？”又很体贴编辑：“编辑这本书应该是苦差事，因为里头有很多闽南话调调的用词，以及我自己习惯的语气，可能给你们带来许多困扰，辛苦了。”想到那个爱穿浅蓝色牛仔裤的吴导双臂交叉的样子，霎时间，暖意涌入心房。吴导答应来大陆跟读者见面，而且说，顺便可以慰劳一下他在上海的办公室里“那些背井离乡的小孩”。

背井离乡。突然明白手里的这本书为什么那样动人。那是一种叫做乡土的东西，藏在文字底下，感动着同根所生的人们，让我们想念共同的祖先和血脉。

做这本别册，问吴导要资料，他的照片或者文字等等。吴导说，“我是一个不太留下跟自己有关的‘历史’的人，包括自己拍过的片子我甚至连影片、海报和相关出版物都不留，更遑论报纸杂志任何和我有关的报导。我很想帮上忙，毕竟是跟我有关的事，但身边真的找不到有用的相关资料 ..... 除了网络上可以抓到的之外。很惶恐，但也不知道该怎么办，这种‘悲剧’已经上演过无数次了，但好像也没从中得到什么教训……”几经周折，颇费时日，多得粉丝和身边友人的帮助，才得以做成这本别册。在此谢谢制作过程中给予大力帮助的人：

朱赢椿
小　野
张大鲁
游正名
苏　瑛
黎静娜